O Cavaleiro das Palavras

Luiz Antonio Aguiar
Ilustrações de Marcelo Martins

O Cavaleiro das Palavras

Fundação Nacional do Livro Infantil e Juvenil – FNLIJ
Altamente recomendável – Jovem

Coleção Jabuti

2ª edição

Editora Saraiva

Editor: ROGÉRIO CARLOS GASTALDO DE OLIVEIRA
Assistente editorial e preparação de texto: KANDY SGARBI SARAIVA
Secretária editorial: ANDREIA PEREIRA
Suplemento de trabalho: MARIA REGINA BELLUCCI
Revisão: PEDRO CUNHA JR. (coord.)
CID FERREIRA
ELIANE DEL NERO
JULIANA BATISTA
Gerente de arte: NAIR DE MEDEIROS BARBOSA
Criação de capa: ALEXANDRE RAMPAZO sobre ilustração de MARCELO MARTINS
Diagramação: EDSEL MOREIRA GUIMARÃES
Projeto gráfico: HAMILTON OLIVIERI
Produção gráfica: ROGÉRIO STRELCIUC
Impressão e acabamento: VOX GRÁFICA

Dados Internacionais de Catalogação na Publicação (CIP)
(Câmara Brasileira do Livro, SP, Brasil)

Aguiar, Luiz Antonio
O cavaleiro das palavras / Luiz Antonio Aguiar ; ilustrações de Marcelo Martins — 2. ed. — São Paulo : Saraiva, 2009. — (Coleção Jabuti)

ISBN 978-85-02-08199-4

1. Literatura infantojuvenil I. Martins, Marcelo. II. Título. III. Série.

06-7589 CDD-028.5

Índices para catálogo sistemático:

1. Literatura infantojuvenil 028.5
2. Literatura juvenil 028.5

10ª tiragem, 2021

Editora Saraiva

Avenida das Nações Unidas, 7221 – Pinheiros
CEP 05425-902 – São Paulo – SP
www.coletivoleitor.com.br

Tel.: (0xx11) 4003-3061
atendimento@aticascipione.com.br

CL: 810048
CAE: 571345

Sumário

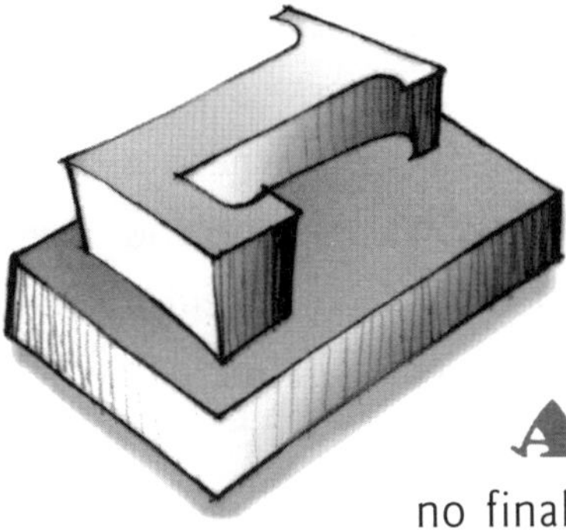

1 EIS-ME NO MUNDO!

A carroça chegara à gráfica no final da tarde, conforme combinado. Só que, pelo meio da madrugada, ainda não lhe haviam entregado a carga que deveria transportar até o porto. Ficou lá, parada, à porta do casarão comprido, de um único andar, com seu telhado de telhas acumulando limo. O carroceiro e seu ajudante xingavam, esbravejavam ameaças. Quando finalmente o caixote foi liberado, estava caindo um temporal espantoso e fazia muito frio.

Rua da Atalaia, 65, Lisboa. O ano era 1877. Lá se vai bastante tempo, mas são coisas que não se podem esquecer se estão impressas em nós, como é o meu caso.

A porta do casarão foi aberta. Os carroceiros saíram carregando o caixote, com seus tamancos escorregando nas pedras irregulares — chamadas pés de moleque —, que revestiam o chão de barro socado e por entre as quais a água escorria em grossos filetes, que se juntavam numa corredeira pardacenta, descendo a vala central. A cidade estava silenciosa, a não ser pelo gotejar forte sobre os telhados e o calçamento. As chamas dos candeeiros a óleo, no alto dos postes, haviam sido apagadas horas atrás, e a rua, às escuras e castigada pela chuva, era um cenário desolador.

Atrelada à carroça havia uma parelha de burros sonolentos, que estavam de olhos fechados e imóveis. Apenas suas orelhas pontudas e peludas, vez por outra, estremeciam. O bafo dos animais se transformava em vapor, permanecendo como uma nuvem em volta de seus focinhos. Se alguém passasse, desatento, poderia assombrar-se, acreditando, no primeiro relance, estar vendo mulas sem cabeça.

Mas ninguém passaria por lá àquela hora, ou teria ainda de escutar a voz rouca e ressentida do carroceiro mais velho, proferindo insultos contra a gráfica, contra o pesado caixote que tinha de carregar até a carroça e contra todos os que tivessem a infeliz ideia de mandar remessas de navio de Portugal para o Brasil.

Sim, entrei no mundo sendo recebido por *palavrões*. E transportado por *burros*!

Que irônico!

Os animais acordaram bufando, assustados, quando o carroceiro e seu ajudante atiraram o caixote, com maus modos, sobre a traseira do veículo. Os dois homens subiram na boleia reclamando. O mais velho estalou os arreios no lombo dos burros, gritando algo que mais me soou como um rugido, ou, na melhor das hipóteses, uma praga, mas que fez a parelha se agitar — quem sabe homem e bicho tinham lá sua linguagem em comum, que obviamente não era a mesma que a minha.

Escutei as ferraduras resvalando na pedra lisa e molhada. Os pobres animais enfrentariam um bom par de horas de puxada até o porto, às margens do Rio Tejo. Lá, eu embarcaria para meu destino final, o Rio de Janeiro, a corte imperial do país que falava o português no outro extremo do oceano.

Devo ao carroceiro mais velho grande parte dessas minhas primeiras lembranças. Por todo o trajeto, e mais ainda atiçado em seu mau humor pela chuva gelada que caía sobre ele, não parava de recontar e maldizer as contrariedades do dia.

Entretanto, havia mais. Havia os ruídos em volta, que também me diziam muito. Assim, embora nada tenha enxergado, embrulhado que estava, primeiro em papel pardo, depois num jornal velho, e ainda enfiado no caixote, o conhecimento que trago comigo e em mim, graças às Boas Palavras, me permitiu identificar tudo o que escutava. Visualizei a rua calçada de pedras salientes, a chuva, os carroceiros, os animais de carga, o rio, o navio, com suas velas querendo se inflar e o cordame já estalando ao vento, e tudo sem jamais ter visto nada a não ser a definição dessas coisas. Como mais tarde visualizaria o mar, que logo reconheci pelo balanço, pelos murmúrios da irrequieta água salgada e pelos seus ricos aromas.

mar, substantivo, singular, masculino (do latim *mare*, amargar). A porção de águas que banha as terras; é salgada e amarga, e tem marés.

Ah, sobre o mar, tanto mais deveria ser dito. Como sobre tantas coisas que fui conhecer. Quisera refazer, com mais vida, meus verbetes. Enfim...

A carroça alcançou o porto com a alvorada tingindo o céu. Lá, o caixote foi descido por cordas à parte mais baixa do navio, que nos aguardava, ancorado. Já naquela primeira noite,

Lisboa
1877

no entanto, eu seria apresentado aos perigos que me ameaçariam, no decorrer da viagem, naquele porão úmido, insalubre, escuro, infectado de odores insultantes.

Ora, e que perigos! Se acontecesse uma tempestade e o navio não resistisse, eu seria tragado pelas ondas revoltas e me dissolveria nas profundidades oceânicas. Um lamentável desperdício! Logo eu, tão vistoso, novo *em folha* e com tanta estampa: uma bela capa de couro vermelho, com letras num dourado de traço sóbrio e maciço, a reluzir certa fidalguia. Afinal, eram tempos monárquicos, imperiais. O ouro e o vermelho — ou carmim, melhor dizendo —, como nos mantos dos soberanos e no estofamento de veludo dos tronos, me caíam muito bem.

Mas, se creio que enfrentaria com dignidade o fim num naufrágio, tinha terror era aos ratos que infestavam o porão. Aqueles olhinhos apertados, brilhando de voracidade. O ruído de suas pequenas e afiadas garras na madeira do casco interno. Seus repelentes guinchos, vez por outra. O raspar de seus rabos, arrastando no chão. A maneira como se aferravam aos caixotes e roíam, roíam — um barulho que eu sentia como se fosse já a mim que devoravam e como se tivesse a premonição de sofrimento parecido, que me estava reservado anos à frente.

O que mais me indignava e oprimia era que os ratos — os quais eram de todos os tamanhos, e todos imundos inimigos — atingiam o conteúdo dos caixotes e o destroçavam sem qualquer consciência daquilo que estavam destruindo. Sim, fosse tecido, grãos ou papel, tudo era igualmente e apenas alimento, sem outro significado. Essa irracionalidade, mais do que tudo, roubou de mim, por todo o trajeto singrando o Atlântico, parte do orgulho e da emoção de estar, então, refazendo a jornada de nosso idioma rumo à terra tropical. (*Singrar*, caro leitor, é uma bela palavra que significa "navegar", principalmente em navio a vela, que era o caso, naquele tempo!)

E se os bestiais roedores atacassem o meu caixote? O que eu poderia fazer senão ficar aguardando, imóvel, o meu terrível fim, enquanto escutava a madeira ser rasgada? Por diversas ocasiões, um desses bichos medonhos passou por cima de meu caixote. E várias vezes, também, um ou outro parou sobre a tampa, farejando. Muita sorte que não se tivessem apetecido (ou seja, que não tivessem seu *apetite* despertado) nem pela madeira nem por nenhum cheiro que lhe escapasse de dentro, ou então minha carreira, de verdade, nem chegaria a acontecer. A minha e as dos 49 semelhantes meus, com quem compartilhava o caixote.

Enfim, depois de quatro ou cinco semanas, com paradas, chegamos ao porto do Rio de Janeiro. A rigor, voltava eu para a minha terra, de onde tinha partido, ainda em forma de original manuscrito, dezesseis meses antes — afinal, o meu estimado *autor* fora um erudito natural desta cidade à qual eu aportava.

Se em Lisboa estava frio, o calor da chegada ao porto da Corte Imperial foi aterrador. O caixote foi içado do porão em meio a um burburinho de vozes ainda maior que o do embarque. O sol ofuscava a todos, no convés e nas docas, quando fui puxado do estômago do navio, deixando lá embaixo a umidade, a escuridão e os seus famintos habitantes, e fui arriado no escaldante chão de pedra do porto da Corte. Mais uma vez, então, fui entregue aos *burros*.

(Espantoso como essa criatura haveria de me perseguir! E sempre inocente de toda culpa; pacato, digno, embora também tão sacrificado...)

Dessa vez, meu trajeto foi mais curto. Já estávamos no centro da cidade. Bastava a carroça atravessar a praça, passando pelo palácio, residência da Família Imperial — o Paço Imperial —, e logo entrávamos na famosa Rua do Ouvidor.

A Rua do Ouvidor era a mais elegante da Corte, por onde faziam questão de passar diariamente todos aqueles que, por negócios ou outras ambições, queriam ver ou ser vistos. Lá as vitrinas exibiam a última moda da Europa, incluindo longos vestidos de veludo, chapéus, luvas e outros artigos para o inverno europeu que, por alguma razão que me escapa, eram usados em pleno calor do Rio de Janeiro, e, é claro, especialmente ali, nos desfiles da Rua do Ouvidor.

Portanto, após uma curta estirada até a loja mais umas horas num depósito, um empregado com uma alavanca de metal finalmente abriu o caixote e lá fui eu para a vitrina. Um dos últimos na pilha dos meus pares, é verdade, mas lá estava eu! Era a primeira vez que *via* o mundo.

Mal podia esperar para ser aberto por alguém precisando do meu serviço. Quem seria meu dono? Um poeta apaixonado procurando a expressão mais bela de seu sentimento? Um consciencioso estudante ou professor querendo encontrar a maneira exata de aclarar seu raciocínio e suas reflexões sobre a natureza? Ou, então, um pai zeloso, buscando oferecer à sua família o melhor e, aos filhos, em particular, meios de garantir o futuro, desenvolvendo a habilidade de dizer ao mundo e aos seus semelhantes o que possuíam no coração e nas ideias? De fato, muitas pessoas interessantes passavam pela livraria, algumas com frequência e outras até diariamente. Pude entender que várias delas eram escritores, estudantes, políticos acostumados a discursar e a debater, jornalistas... Ficava imaginando o quanto eu seria feliz servindo a cada um, de acordo com sua necessidade, gosto ou ocupação.

Como obra recentemente lançada, muita foi a procura e, um a um, meus companheiros de edição foram sendo comprados. Eu lançava olhares de esguelha (assim, de soslaio, através... Como? Não estou sendo claro, leitor? Certo... Olhares dissimulados... in-ve-jo-sos!) a cada um deles que era retirado da pilha na vitrina. Até que finalmente chegou a minha vez.

A expectativa me deixava ansioso; poderia suar e tremer, se essa fosse minha natureza. Como não é, tanto pior: tive de suportar a situação sem desabafos físicos. Ao mesmo tempo, não recordo, em minha longa existência até hoje, de ter sentido outra vez aquela alegria viçosa, repleta de esperança, e em tanta medida.

Além de todo aquele orgulho de ser quem eu era.

Sim...

... Não podia esperar para me ver em mãos de quem fosse me abrir, folhear e correr os dedos em minhas colunas, orientado pela ordem alfabética de meus verbetes. Com que prazer, a cada consulta do meu dono ou dona, lhe ofereceria eu indicação, sugestão, conselho, alternativas, abonações para demonstrar os variados usos de uma mesma palavra.

Sim! Ali, naquela vitrina, à espera do meu comprador, eu era o *Diccionario da Língua Portugueza* mais contente em todo o mundo.

2

PAI DOS BURROS

E com tantas pessoas que me dariam grande valor, o dono a quem fui destinado foi logo alguém que me chamava de "pai dos burros".

Ele, sim, era uma besta.

Era um agiota ou...

> **usurário**, substantivo, singular, masculino, aquele que empresta dinheiro e o recebe de volta com juros, geralmente extorsivos.

Tinha escritório elegante numa das ruas do Centro. Um homem relativamente jovem e também ambicioso, em vários sentidos, não apenas no óbvio de sua profissão — queria ser bem visto. Gostava de me exibir em sua mesa, aos clientes, para dar aparências ao seu negócio.

Nunca me abriu, nunca me consultou.

As moscas que passeavam sobre minha capa tinham mais intimidade comigo do que ele, e até mais interesse — ao menos pelo carmim da minha encadernação.

Mas a todos que chegavam à sala da besta e me olhavam com admiração (já mencionei que eu era de fina estampa!), ele dizia:

— Um "pai dos burros"! Não é para mim, que não preciso disso, imagine! Mas faço questão de que as cartas que meus funcionários escrevem para os clientes saiam daqui absolutamente corretas. Por exemplo, nele está que na verdade sou um *financista*!

"Pai dos burros"! Como me doía escutar isso.

E... *financista*? Ora, como?

Se tivesse me aberto uma única vez, ele não diria tal bobagem, porque na verdade nunca cuidara das finanças de nada nem de ninguém, a não ser das próprias.

Quando um funcionário lhe entregava um documento para vistoriar, a besta indagava:

— Verificou as palavras no pai dos burros? Olha que não gastei à toa comprando esse tijolo.

Claro que o funcionário respondia que sim, havia me consultado. Claro que, nisso, seguia o exemplo do patrão. E claro que, apesar do olhar desconfiado que o agiota lançava ao funcionário e ao documento que tinha nas mãos, ambos passavam: um com sua mentira, o outro com seus erros.

Ele, meu dono, era desses que "não querem parecer burro", e por isso não abrem dicionários. Principalmente na frente dos outros. E essa maldição, que se volta exatamente contra quem me assim chama, é, lamentavelmente, o pior dos equívocos.

Não sou pai de burro nenhum, com todo respeito pelo animal, um filósofo de quatro patas, e nenhum pelo desmiolado que possa ter cunhado tal apelido. Deve ter sido algum recalcado com ojeriza a toda proximidade do conhecimento. Um desses que, na prática, se resignam à própria ignorância, embora não a admitam jamais.

Alguém que *não quer saber*. Ou, para quem, por um raciocínio torto e deturpado, justamente aquele que busca conhecer *é que é o ignorante*.

Já o que dispensa esse esforço seria uma *criatura esperta* — pois sim!

Além disso, os que me prezam e convivem comigo não vêm a mim apenas para evitar erros de grafia, o que sempre é importante, mas em busca do tesouro que há em mim.

No que viro minhas páginas, ressoa o clamor de exércitos, de mares explodindo em rochedos dos confins do mundo, de cascos de navio indo até onde nenhum homem antes havia ido — e de todos os sonhos do ser humano materializados.

Materializados, sim... em poemas, relatos, romances, que viveram e ainda vivem e viverão muitos séculos mais do que todos os generais desses exércitos e comandantes de embarcações.

"Multiplica as estrelas do céu por todos os grãos de areia do mar e terás uma partícula dos séculos", escreveu Machado de Assis... Imagine isso então vertido em palavras que ficam guardadas, essa partícula dos séculos, num dicionário!

Imagine uma aventura iniciada há cerca de dois mil e seiscentos anos, numa região, o Lácio, da península que posteriormente se chamou de Itália. Foi onde surgiu o latim, que se tornou a língua de Roma, e, no correr de sangrentas guerras de conquista, se espalhou por quase todo o mundo conhecido — o Império Romano.

É triste que a brutalidade seja a marca dessa história, mas assim foi. Invasões, pilhagens e massacres, reinos que se ergueram e foram destruídos. Deuses substituindo deuses, templos mudando de nome, como também as datas sacras e as esculturas que representavam esses seres divinos. E muitas batalhas decidindo quem seria o soberano, quem seria vassalo — e que idioma falariam.

As legiões romanas chegaram à Península Ibérica — Espanha e Portugal — no século III a.C. Já, então, o latim, quanto mais se distanciava de Roma, mais se modificava. Por um lado, porque os legionários eram mais hábeis com suas espadas do que com o manejo do idioma. Por outro, porque, muito sociável como toda língua, o latim ia sempre adotando algum tom local, onde quer que os soldados marchassem, acampassem, ocupassem.

Para os habitantes originais da orgulhosa Roma, todos os que não falavam o latim eram chamados de *bárbaros* — uma expressão que significava o "feroz", o "inculto", o "selvagem", ou, mais comumente, o "estrangeiro"... Os romanos achavam alguns desses povos tão estranhos que passaram a representar tudo o que o Império mais temia — bastavam ser mencionados para se pensar em destruição e matanças. Entre esses povos, estavam os vândalos, os godos e os visigodos, do norte e do oeste da Europa, que invadiram a Península Ibérica nos séculos V, VI e VII, pondo fim ao domínio romano e acrescentando um quê de germânico à grande misturada que se falava por lá. Que ironia! Eles, os "bárbaros", acabaram dando nova forma ao idioma dos "clássicos".

A seguir, vieram os árabes, no século VIII — e o Império Mourisco durou 700 anos na península. O árabe, tão saboroso, com suas histórias mágicas de ifrites — os gênios das 1001 noites —, belas moças de olhos de azeviche e rosto de lua cheia, preciosos banquetes regados a azeite, e o encanto das miragens do deserto, enfeitiçou aquele ancestral do português, enviesando-o ainda mais. Com o árabe, a língua tomou curvas e saliências, sedas e ardidos; ganhou poesia e maior poder de compor imagens com palavras.

Muitos entrechoques de reis e reinos haverá adiante, naquela parte tão ocidental da Europa, até que o dramaturgo Gil Vicente e o poeta Luís de Camões, nos séculos XV e XVI, criem suas obras no idioma que se falava na Lisboa da época: o português. O rei e a nobreza insistiam em usar o misturado que falava a requintada corte de Castela, por acharem-no mais "de sangue nobre". Escrever, então, em português, na época? Nem pensar, que vulgaridade! Foi uma ousadia de Camões e Gil Vicente.

Por isso, muita gente considera que, entre o português arcaico e o moderno, está, justamente, *Os lusíadas*, de Camões, um grandioso poema — um *épico* —, que narra a maior façanha das navegações daquele século, quando os portugueses, para chegar ao Oriente, com perda de muitos navios e vidas, conseguiram ultrapassar o extremo sul do continente africano, onde os mitos visualizaram o horrendo gigante Adamastor, senhor do mar em fúria e das tormentas.

Posteriormente, agora navegando em sentido contrário, os portugueses atravessariam o Mar Tenebroso, como era conhecido o Oceano Atlântico — do qual dizia-se, na época em que se acreditava que a Terra era um disco achatado, que sua borda era o fim do mundo, despencando abruptamente e sem fim até mergulhar no inferno dos mais horrendos monstros já criados pela imaginação humana.

Como ninguém é bom senhor da casa alheia, nossos patrícios em língua, que todos somos *lusófonos*, não seriam exceção em nenhuma de suas colônias, que sofreram bastante com a ganância dos representantes da Coroa Portuguesa e o fogo dos canhões de suas caravelas. Mas foi assim que o idioma que nos legaram, por mares nunca d'antes navegados, chegou à Índia, chegou à China, chegou à África e a várias partes do globo.

E chegou ao Brasil, onde amou o índio, depois o negro. E passou pela mão de romancistas e poetas, que depois da Independência o queriam *Brasileiro*, com muito orgulho! De modo que assim como o que se falava na Península Ibérica do século III a.C. foi uma *deturpação* (bendita seja!) do latim, o idioma que falamos cá no Brasil é um *crioulo* do português que recebemos de Portugal. Um português mais sestroso, mais espirituoso, menos rascante, ou seja, sem tantas arestas arranhando a garganta. Um mestiço, sim, senhor, como o melhor desta terra.

(Caro leitor, desculpe a mania, mas não resisto a dizer que o *crioulo* aqui vem no sentido de uma *língua modificada*, com *misturas*, e que ficou mais *serelepe*, mais *manhoso*, mais *namorador* cá nesta terra tropical!)

Então...

"Pai dos burros"... Ora!

aventura, substantivo, singular, feminino. Acontecimento extraordinário...

cavalleiro, substantivo, singular, masculino. Protetor, defensor, guardião, campeão. Aquele que corre o mundo, prestando auxílio, consertando o torto, desfazendo o errado...

OS
LVSIADAS
de Luis de Camoẽs.
COM PRIV
REAL.
Impressos em Lisboa
sancta Inquisição,
rio: em casa
Gõçaluez Im
1572
Camões
(1524-1579

Sou, sim, filho, neto e bisneto de uma belíssima, magnífica aventura. Meu tesouro tem antiguidade, berço, estirpe. É *fidalgo*, no seu sentido mais genuíno: "filho de algo"... Como nas fábulas, com salões e cavernas entulhados de pilhas de ouro e gemas preciosas, o tesouro de que falo reuniu ao longo de sua história palavras e novos entendimentos do mundo. Mas o mais importante é sua magia...

É um tesouro que não se gasta, nunca se acaba; pelo contrário, quanto mais é usado, mais cresce, mais precioso se torna!

São palavras. A aventura das palavras está em mim. Sou, e sempre serei, um Cavaleiro das Palavras.

Ora!

"Pai dos burros", que ironia, um guardião de dezenas de milhares de palavras... Ou centenas de milhões, se formos considerar a totalidade dos verbetes. E mais do que um guardião, porque não as guardo de ninguém, nem para mim, nem para um amo; não as dou ao meu dono; ele me possui, é verdade, mas não é dono das palavras que contenho, e às quais, por meu intermédio, ele tem acesso — como se tornasse assim um iniciado, e admitido fosse seu ingresso em toda esta longa e maravilhosa saga, no curso das minhas páginas. As palavras, eu não as oculto, ciumentamente, dos olhos alheios. Não cobro senhas nem encantamentos de quem as quiser ver e vasculhar. Pelo contrário.

Minha razão de ser é oferecê-las a quem as busca. Como quem rouba o fogo dos deuses e o coloca nas mãos do ser humano.

Repito: o meu acervo é um tesouro. Um repertório. Existe para ser usado. E percorre, *livre*, bocas, ruas, cartas, folhas de jornais, letras de músicas, fábulas, romances, poemas — nos quais novas palavras são geradas a todo instante, sendo que um dia virão a mim, *entrarão para o dicionário*, assim como todos os rios correm para o mar.

E, saibam, as palavras "que o vento leva" são as que não vieram para o dicionário.

Ah, os dicionários, esses que as entranhas das traças sepultam; disso sei bem eu. Já os idiomas, as palavras, essas realmente não morrem; são como as estrelas, que explodem para alimentar o nascimento de novos embriões de estrelas. Como as constelações, que não param quietas nos céus e, a cada era, exibem novos desenhos, novos sonhos, símbolos e significados.

Entretanto, desconhecendo tudo isso...

...A besta que nunca virou minhas folhas me chamava de pai dos burros.

Aquela (repito) besta!

A bem da verdade, comprou-me, mandou tirar-me da vitrina, deu-me a esperança de felicidade — de ser útil, de cumprir o destino para o qual fui criado! — e, antes mesmo de chegar ao seu escritório e desembrulhar-me, arrependia-se do gasto. Deve ter sido a única despesa sem fins de lucro — na sua mente estropiada, bem entendido — que fez na vida. Talvez me tenha comprado para ver como era gastar dinheiro em algo que não se fosse vender com vantagem na esquina. Para ter essa experiência, uma única vez. E a última, dado que não a apreciou. Como eu disse, arrependeu-se.

Ora, ele...!

Quatro meses, se tanto, depois de ter me adquirido, numa tarde em que chegou nervoso, já que passara a manhã atrás de um devedor que afinal conseguiu despistá-lo, sentou-se à escrivaninha e seus olhos caíram sobre mim. Procurava a quem culpar por aquele azedume que lhe borbulhava da boca do estômago e estragava-lhe o paladar. Por seu modo de me olhar, perguntei-me se ele não estaria imaginando — tirando a possibilidade de me usar como arma, para sair a bordoadas atrás dos que lhe deviam dinheiro — de que modo poderia eu lhe render o que considerava *resultados*. Afinal, creio que reconheceu que, segundo esse ponto de vista, o de não lhe render juros, eu só estava ocupando lugar, inutilmente, sobre a sua escrivaninha.

Assim, ao término do expediente, embrulhou-me numa folha de jornal e saiu comigo debaixo do braço. Algumas ruas distante daquela em que me comprara, encontrou um sebo e entrou. Vendeu-me, e por menos de um quinto do que havia pagado por mim. Saiu reclamando do prejuízo — nunca mais o vi, para minha sorte.

A loja era mais modesta e escura. Pequena, apertada, com pilhas e pilhas desordenadas de livros. Fiquei logo imaginando quantos e quantos irmãos lá estariam havia décadas talvez. E quantos para sempre ficariam ali, soterrados, alguns valiosos, mas mesmo assim mortos para o mundo. Isso foi o que mais me impressionou, mais a grossa camada de poeira cobrindo tudo, que me fez logo pensar que ali também poderia haver... ratos. Mas não os vi nem escutei.

O sebo era até bastante frequentado. Antecedendo cada compra e venda, travava-se uma batalha de pechinchas entre o dono e o freguês. E logo percebi que aqueles que saíam com um livro lhe davam muito valor. Seria sempre uma obra desejada havia muito, que teriam procurado, porventura, em outros sebos, e até há um bom tempo andassem à sua caça, obra rara, obra esgotada; ou simplesmente, nas livrarias da Rua do Ouvidor, uma obra cara, para além de suas posses, mas que finalmente poderiam possuir — e *ler!* —, tendo-a encontrado a um preço que poderiam pagar. Simpatizei com a freguesia do sebo.

Num cartão colocado sobre minha capa, escreveram: *Quase novo.*

"Como *quase*!?", reclamei, achando uma injustiça e mesmo uma inadequação a palavra que determinava meu "rebaixamento". Afinal, nunca fora aberto. Quem poderia me chamar de livro *usado*? Quisera eu! Mas nada fizera no mundo até então e, como mercadoria, já não era *novo*?! Como pode?!

Ora, percebi ali que tenho cá minhas vaidades...

O fato é que lá fui de volta para uma vitrina. Uma vitrina mais estreita, de vidro menos transparente, e mesmo rachado num dos cantos, é verdade. Mas também eu já não me sentia tão animado e continha minhas esperanças, com muito medo de me frustrar outra vez.

3

O JOVEM ESCRITOR MULATO

Já por várias vezes o havia visto com a cara colada na vitrina, seus lábios grossos achatando-se no vidro, seu hálito embaçando-o. Era praticamente um garoto. Magro, de aparência frágil, mulato. Os olhos, por trás dos óculos, muito, muito vívidos quando me examinava, e meio que esquivos, talvez tímidos, quando iam de um lado para outro, vendo se era observado. Pensava eu: quantos anos ele teria? Na verdade, tinha dezessete. E morava a alguma distância do Centro, numa habitação mais do que modesta.

Só depois fui conhecer sua história, digo, sua história de antes do início de nossa convivência.

Ele era órfão de mãe e de pai. Fora criado por uma madrinha, que era lavadeira e tinha instrução o bastante para lhe ensinar a ler, a escrever e a fazer as primeiras contas. Teve sorte nesse começo: uma das freguesas de sua madrinha era uma viúva abastada. O marido deixara-lhe uma imensa biblioteca. Ela própria era amante da leitura e, um dia, tendo a madrinha do garoto, então um pirralho com sete anos de idade, o trazido com ela para a casa da viúva, em dado momento, muito ocupada dobrando camisolões, toalhas e lençóis, distraiu-se e, quando retornou os olhos, não deu mais com ele.

Foram encontrá-lo, depois de muita procura, na tal biblioteca. Havia empurrado uma cadeira para junto de uma das estantes, subido nela e retirado um livro. Estava sentado no chão, imobilizado, cenho cerrado, lutando sílaba a sílaba para conseguir ler, e tanto como se daquilo dependesse sua salvação. A visão emocionou a viúva. A partir daí, o pirralho teve entrada livre naquela casa e naquela biblioteca, e foi onde começou a sua vida.

Aquele garoto que eu olhava tendo o vidro da vitrina entre nós estava passando por um importante momento. Para ajudar com as despesas da casa, fora baleiro — vendendo os doces que sua madrinha fazia —, engraxate, entregador e carregador de compras. Finalmente, arranjara um emprego que lhe pagava um pouquinho melhor — como aprendiz de gráfico, na Tipografia Nacional. E aí é que a história dele encontrou-se com a minha.

Como talvez já tenha sugerido, eu vinha sendo aguardado havia muito na Corte. Desde que se anunciou que o trabalho do autor da obra estava concluído, depois de anos de pesquisa e revisões cuidadosas, com inclusão de vocábulos da Índia e de outros povos lusófonos, e que os manuscritos já estavam sendo mandados para Portugal, onde eu seria impresso, virara então notícia nos jornais. Minha chegada à elegante livraria da Rua do Ouvidor fora bastante anunciada. A procura era grande, por variadas razões, nem todas, constatei eu, tendo assim tanto a ver com o amor às palavras ou com a necessi-

DICCIONARIO

dade de lidar com elas. Foi inclusive grande a reserva de exemplares antes mesmo que estivessem à venda, e estes seguiram direto do caixote para mesas ilustres, sem passar pela vitrina. Por tudo isso, e mais, é claro, pelo valor da obra que eu era, custava eu caro, ou melhor, caro demais para o bolso daquele jovem mulato que tanto me desejava, mas que, quando viu meu preço na vitrina da Ouvidor, desanimou. Não era uma aquisição ao alcance de um baleiro de rua.

Mas ele *sonhava* possuir um dicionário.

E agora sua vida, com o novo emprego, mudara. Não só ele tinha um ganho melhor, do qual sempre economizava alguma moeda, como eu não era mais "novo". Ou seja, meu preço baixara bastante. E todos os dias o rapaz, aflito, vinha me ver, a verificar como ia a corrida de sua pilhazinha de moedas, que crescia devagar, contra a possibilidade de outra pessoa — um frequentador de sebos, como ele — me arrebatar da vitrina. Logo que compreendi o jogo, não sei por quê, comecei a torcer por ele. Se pudesse, me encolheria da vista de qualquer outro. Só que juntar dinheiro não era fácil para aquele meu amigo. Sim, a pilha de moedas cismara de não alcançar a altura necessária, por mais que ele a contasse diariamente, e em certos dias mais de uma vez, e mesmo diante da vitrina do sebo, para ver, quem sabe, se crescia sozinha — sem que lhe acrescentasse outro cobre.

Num final de tarde, então, quando o sebo já estava quase fechando, o dono me tirou da vitrina. Fiquei tenso. Ou melhor, desolado. Não vira meu amigo ainda naquele dia, e lá iam me levando embora. Já imaginava a tristeza dele quando parasse no sebo e não me encontrasse.

Então, o dono da loja começou a me embrulhar. Minutos depois, mãos me tomaram e percebi que estava sendo levado embora. Estava nas ruas. Escutava os cascos de cavalos contra as pedras do calçamento, o rangido de carroças e carros, relinchos de animais de carga e tração, o estalar de chicotes e o grito dos condutores, o pregão de ambulantes, alguns em cantoria, outros em versos, mais muitos e muitos rastros de conversas. Foi mais de uma hora de caminhada. Enfim, fui colocado sobre uma mesa e, pouco depois, era desembrulhado.

Era ele! O garoto mulato!

Depois fui saber que, muito cedo, quando as portas do sebo ainda não haviam sido abertas, ele ficara esperando o dono e lhe fizera uma proposta para me comprar. Pagaria por mim todas as moedas que conseguira juntar. O dono pensou, pensou, e prometeu que, se até o final do dia não me vendesse pelo preço que queria, aceitaria a oferta do jovem. Foi o que aconteceu.

Para minha felicidade.

Mal ele me desembrulhou, dei com seus olhos brilhando, e até mesmo úmidos de alegria, ao me contemplar. Ele passou os dedos magros e trêmulos pela lombada, pela capa. E depois — oh, que alegria! —, finalmente, eu era aberto.

Ele percorreu páginas e páginas à luz de uma vela. Eu estava aberto sobre uma mesa; ele, sentado num banquinho. E cada página que virava era com tal delicadeza, e eu diria... com tal reverência... e carinho!... que nunca imaginei, nem em meus sonhos, nunca imaginei!

Já ele lia meus verbetes, concentrado, ávido, sugando tudo e percorrendo-me com a ponta dos dedos; e sorria, sorria, sorria.

Quando então me fechou, já com as pálpebras pesadas, murmurou:

— Você é meu primeiro tesouro!

Foi o que ele disse. Depois, acariciou de novo minha capa, apertou-me ao peito com um suspiro de orgulho — que me encheu de orgulho também — e deu-me mesmo uma fungada no miolo, farejando o cheiro do meu papel, cola, encadernação. Era evidente que lhe custava largar-me para ir dormir.

Mas da vela só restava meio dedo de altura; a chama cambaleava. Ele apagou-a e levou-me consigo para a sua estreita cama. Deixou-me sobre uma modesta e tosca mesinha ao lado — acreditem, eu era maior do que o tampo dela —, deitou-se, cobriu-se com um cobertor limpo, embora puído, e ainda senti seus dedos alisarem minha capa mais uma vez, antes de ele pegar no sono.

Ainda não sabia que ele escrevia. Nem que sonhava, tanto dormindo como de olhos abertos, com tramas em que os personagens eram os caprichos, ardis e nuanças — as infinitas combinações — da alma humana.

Nossa amorosa convivência haveria de durar mais de meio século.

4

CONVERSAS ENTRE LIVROS

Meu primeiro lar — um lar de verdade, não o caixote, a mesa do agiota nem as vitrinas por que passei — foi a mesa de trabalho do meu dono. Era pequena, feita de madeira ordinária e talvez até meio bamba. Como iluminação, tinha apenas a vela — e era sempre à noite, depois de chegar do trabalho, que ele escrevia.

Lendo ou escrevendo, mantinha-me à mão, sobre aquela mesa. Às vezes me abria, fixava os olhos na palavra, consultava o verbete, como se houvesse (e, para ele, havia!) segredos nas entrelinhas, e ficava um instante em transe, refletindo. Como se a palavra tivesse de revoar um pouco, antes de pousar no papel.

> **palavra**, substantivo, singular, feminino. A expressão do estado da alma por sons ou sinais articulados... o dom da palavra...

"As palavras têm sexo... Amam-se umas às outras. E casam-se"

("O cônego e a metafísica do estilo", conto de Machado de Assis)

No que ia escrevendo, virava folhas e folhas; de uma

palavra viajava a outras, pensando, medindo, sopesando, distinguindo a tonalidade e a temperatura de cada uma, escolhendo qual era *precisamente* a que queria utilizar. Trabalhava sem pressa, rabiscava o que escrevera, passava a limpo, reescrevia muitas e muitas vezes. Parecia nunca estar satisfeito, como se cada texto fosse uma talha, esculpida em madeira nobre, cheia de detalhes invisíveis, ou tivesse, como os melhores relógios de bolso, um coração exato, batendo em seu íntimo.

No seu pequeno quarto, logo foram se juntando outros volumes — e a alguns reconheci como tendo vindo do mesmo sebo no qual fiz estada: livros de poemas, romances, ensaios. Brasileiros, portugueses, estrangeiros e traduzidos. Como lia, o garoto. Nossa mesa se tornou pequena — lá já havia suas canetas de pena, o tinteiro, o maço de papéis, o mata-borrão, a espátula com que abria as páginas dos livros — porque naquele tempo as beiradas das folhas vinham unidas —, e eu.

Certo dia, ele trouxe para nossa convivência uma pequena estante de três prateleiras e pôde ali dar um lar a todos os livros que compunham nossa bela família.

Até hoje, mesmo tendo acompanhado meu amigo (junto com os demais livros e até com a mesa, o banquinho e a estante, que ele nunca abandonou) ao longo de sua carreira, aquele cantinho em seu pequeno quarto, do começo de tudo, a atmosfera miraculosa que se fazia à noite, entre nós, à luz da vela, é a mais feliz lembrança de lar que guardo, aquela que, ainda e sempre, me faz sentir um frêmito emocionado, algo como fagulhas lá por dentro, ou... uma onda, ou melhor, uma névoa como que me envolvendo primeiro, depois me invadindo e ocupando o peito todo: é saudade.

E o meu amigo nunca deixou de me pegar e, principalmente, de me abrir, no mínimo, com zelo. Nunca forçou nem minha cola nem minhas costuras, nunca me deixou com orelhas de burro (Ai!), aqueles cantos de páginas dobrados para dentro, que tanto magoam e humilham os livros que eles acabam se rasgando. Nunca umedeceu a ponta dos dedos na língua para virar minhas páginas nem me deixou exposto a umidades. Nunca deixou de me livrar da poeira, nunca me puxou sem jeito, por uma beirada da capa, por exemplo, nem me arrancou, nem sequer desprendeu em parte qualquer das minhas folhas, mesmo sem querer.

Nunca.

E enquanto isso o garoto mulato foi se tornando reconhecido como escritor. Pelo que escutei, seu primeiro trabalho publicado foi num jornal humorístico da época — apesar de ele próprio, em aparência e diante de estranhos, ser o sujeito mais sério e até mesmo casmurro que conheci. Ele tinha dessas surpresas, como quando tomei conhecimento de suas primeiras crônicas, que logo um jornal da Corte publicaria...

Poucas vezes, nas décadas e décadas seguintes, eu conheceria textos tão mordazes. No entanto, era um deboche que não se deixava flagrar, já que poucos seriam capazes de dizer que estava nesta ou naquela frase; estava por toda parte, no todo; ou como um pano de fundo, isso quando não camuflava o próprio diabo num breve pronome, que lá ficava quase despercebido, e nem por isso com menos efeito, menos... diabólico. Era um humor, portanto, quase intangível, mais de sorriso do começo ao fim da leitura do que de gargalhadas abruptas e pontuais.

Com toda elegância, os seus contos viravam os personagens pelo avesso, e nisso lhes expunha as misérias, devaneios e pequenas glórias, como se fossem carne viva e entranhas, a quem quisesse ou pudesse ver — ou *enxergar* (meu dono era o mestre das sutilezas, dos detalhes). A impressão que eu tinha era de que meu amigo dedicava-se a observar pessoas — gestos, expressões de rosto, o que diziam e seus momentos — como se fosse alguém estacionado numa esquina, camuflado em poste, mas com olhar terrível, devassando tudo, curioso por tudo. Diria que nada, além das palavras e da literatura, o fascinava mais do que o próprio fluir da vida. Sim, sua literatura era repleta de vida e dos imprevisíveis meneios da condição humana.

Eu o ficava observando com ternura enquanto ele escrevia, e então já habitávamos um pequeno sobrado, num bairro agora menos distante do Centro.

Ele morava com um amigo, grande colecionador de livros, que os lia como um glutão. Um glutão generoso. Escutava sua risada alta e sabia que muitas das obras que passavam pelo nosso quarto eram de propriedade desse seu amigo, o que era muito conveniente porque, apesar de ter melhorado de vida, graças aos contos e crônicas que vendia aos jornais, meu dono ainda tinha de segurar bastante seus gastos para garantir a sobrevivência. Mas jamais vi o outro habitante do sobrado. Jamais entrou em nosso quarto, que meu dono, sem precisar dizer isso a ninguém, reservava para si mesmo, para seus livros e escritos. Era o nosso mundo; lá, além dele, ninguém mais de carne e osso entrava.

Ah, sim, os jornais. Que satisfação a dele quando os lia e via seus contos e crônicas reproduzidos. Ao mesmo tempo, que esforço para não se trair e não deixar que despontasse sua vaidade. Mas, quando pensava em quantas e quantas pessoas estariam lendo o que escrevera naquele mesmo momento que ele, dava-se ao luxo de sorrir, um sorriso que mal remexia suas feições, embora extremamente sentido por dentro. Sim, eu sabia de muita coisa do que ele era por dentro porque, no seu momento de maior entrega, quando escrevia, ou quando lia, eu, aberto, o observava sobre sua mesa, bem abaixo dos seus olhos.

Naquele progresso de vida, eu pressentia bem a minha contribuição. Quantas vezes aconteceu, no que ele relia os seus contos já publicados...

(Rê! Rê!... como se martirizava por encontrar algum erro, fosse seu ou da transcrição; era um custo segurar-se para não correr ao jornal e tentar convencer o dono a pôr fogo à edição; houve um livro seu com um erro, creio que foi uma vírgula mal posicionada — isso bem mais tarde —, que o fez disparar até a livraria e bloquear a estante para impedir qualquer um de comprar a obra enquanto ele não consertasse, à mão, os exemplares, um por um...)

... de reconhecer eu uma palavra colocada, maldosamente, intrometida, insinuante, com a *minha* ajuda. Uma palavra de impacto, que torcia toda a frase; e era de mim que ele a tirava. Para ele, essas minúcias ocultas ou, melhor dizendo, dissimuladas eram o que importava, eram todo o alarido que se podia escutar de seus textos, mesmo os dos romances, que não tardaria a começar a escrever.

Não que ele fosse um escritor que ambicionasse ter poucos leitores. De modo algum, e tinha horror a isso. O que ele escrevia era como camadas de um bolo; havia a de cima, mais evidente, com confeitos, havia as de baixo e, ainda, o recheio, no âmago de tudo, de sabor delicado. Todas incomparáveis.

Posso lembrar tanta coisa sobre nossa vida. Ele encontrou o amor, e isso lhe fez muito bem. Mudamos de novo, outro sobrado, agora no Cosme Velho, e lá fui eu para a sua biblioteca, que crescia diariamente. Meu dono chegava todo final de tarde da Rua do Ouvidor com um pacotinho de livros, e todos nós, os livros, íamos trocando palavras e significados possíveis, ou cunhados por ele, conversando o tempo todo sob os seus olhos e na mente dele, nessa biblioteca. Meu lugar variava agora, entre a velha mesa de sempre e sua escrivaninha de jacarandá, à qual ele trabalhava todos os dias. A pequena estante encontrara lugar num canto discreto, e a ela meu dono confiava os seus próprios livros.

Foi nesse círculo que vivi quase quarenta anos. Ouvi falar da Proclamação da República, no Brasil, e da virada do século, da passagem de um cometa que tomou conta do céu, de uma guerra impiedosa lá naquela mesma Europa de onde eu viera, uma guerra gerada da insanidade humana — mas a verdade era que tudo que fugisse à nossa biblioteca chegava-nos como boatos remotos. Mais distinto para nós, da biblioteca, era o carinho com que ele cuidava das rosas de seu jardim e reparava quando uma borboleta visitava-o.

As palavras
têm
sexo...
uma às outras
Amam-se

Depois do jantar, meus donos — porque a esposa do escritor também vinha consultar-me vez por outra...

(Ah, sim, ela nunca lhe perguntou se podia entrar em seu covil secreto; simplesmente entrou. E na primeira vez que fez isso eu me arrepiei, sobressaltado, mas meu dono não pareceu sequer estranhar, apenas as extremidades dos seus lábios estremeceram, ou seja, ele lhe deu um de seus sorrisos; mas, não, ao mesmo tempo, não era mais um *daqueles* seus sorrisos, porque vi eu, que o conhecia, que dessa vez aquele sorriso não tinha ironia, mas gratidão, ternura...)

... — costumavam conversar até tarde, na sala, sentados ambos numa cadeira de balanço para casal — uma *namoradeira* —, e falavam sobre leituras, sobre os textos que ele escrevera e tudo o mais. Eu os escutava da biblioteca, e assim encerravam-se os dias.

Tenho de dizer que meu amigo a amava mais do que eu, mas porque afinal ela era a vida dele, ou a vida que ele não tinha e tinha pouca inclinação para ter fora dos livros; e no sentido de que ela se tornara essencial, ou de que foi por ela a quem ele buscou por toda a sua existência, para se sentir em...

> **plenitude**, substantivo, singular, feminino. ... perfeição de aquilo que tem tudo o que deve ter para ser perfeito.

Talvez, portanto, eu deva, sim, reconhecer que meu amigo a amasse mais do que eu. Só que, por mais misterioso que isso possa parecer, o meu amor por ela poderia ser maior do que o dele. Não sei dizer. Quem saberia? O meu amor também era um fato, e imenso. Como se podem medir essas coisas?

Então, ela morreu.

E assustei-me. Era a primeira evidência de que o tempo havia passado e que uma existência, não apenas a dela, mas a nossa, todo o nosso modo de vida, já tinha idade. Assustei-me, sim; perturbei-me, fiquei espantado...

E foi só então que reparei pela primeira vez em quanto eu mudara, em como as minhas páginas haviam se tornado pardas, o quanto perderam de flexibilidade, o quanto o carmim da minha capa, antes tão imponente, tornava-se agora fosco, ou mesmo desbotado. Foi uma surpresa. O calor, a umidade e o próprio ar haviam me modificado sem que eu percebesse. Entretanto, por dentro, sabia que era o mesmo, valioso e fiel. Como sempre.

Mas meu dono, agora (ele também) envelhecido, passou um período em que raramente acendia as luzes da casa. Arrastava-se pelos aposentos, recusando-se a fazer ruídos, e ia para a namoradeira, balançar-se sozinho. Era lá que adormecia muitas vezes, e eram assim seus dias e noites.

Até que uma manhã, no que ele abriu a porta da biblioteca e sentou-se à escrivaninha, notei algo novo fixado em seu rosto. Ele começou a escrever. Logo me abria, revirava minhas páginas, riscava o papel, reescrevia, e dali a dois dias concluía um soneto de despedida à sua adorada esposa. Então, releu-o muitas vezes, imóvel na cadeira, e depois colocou-o entre minhas páginas, ou melhor, exatamente na página em que eu defino...

amor substantivo, singular, masculino. ... inclinação natural e mútua... mais ou menos forte, mais ou menos violenta segundo os temperamentos... uma viva afeição a pessoas ... um movimento ou tendência do coração ou da alma... seus movimentos são por vezes convulsivos e aos olhos dos indiferentes parecem ora extravagantes, ora ridículos... amizade, ligação, pendor, devoção, inclinação, simpatia, apego e aferro...

E tanto mais é dito, um verbete de quase uma página, com vários sentidos listados e outras tantas citações. Meu amigo leu o verbete inteiro, e muitas vezes, detendo-se em uma ou outra linha, fechando os olhos antes de prosseguir, ou voltando então atrás, ou ainda retomando de um trecho qualquer. Sim, foi nessa página, a qual nunca mais abriria, que deixou para ela o soneto.

A seguir, respirou fundo três ou quatro vezes, ajeitou-se na cadeira junto à mesa, molhou a ponta da pena no tinteiro e, muito compenetrado, começou a escrever. Poderia eu dizer que escrevia como sempre, mas não era verdade. Havia uma frágil diferença, que no entanto percebi. Vez por outra detinha a pena, olhava em volta, como se estivesse se despedindo de tudo. Até em mim parou seu olhar errante, e uma vez chegou mesmo a deslizar a ponta dos dedos pela minha capa. Como fez naquela primeira noite antes de adormecer.

Era isso.

Ele e eu sabíamos que este seria seu último escrito.

5 EM ABANDONO

(E mais abandonado ainda se o digo nessa minha grafia do "tempo do onça" — sendo o Onça um governador-geral que o Rio de Janeiro teve no século XVIII, que enlouqueceu ocupando o posto — ou, se quiserem, "tempo do rei velho", do "ronca", de "D. João Charuto", personagem esse que, embora bastante citado, não há quem me diga se foi o rei português que por aqui andou, corrido que foi de seu país por Napoleão, e o que ele teria que ver com charutos, ou se foi outro, e então qual teria sido esse seu tempo. Ah! Quanta coisa se esquece, se perde, se entrega ao *abandono.*)

abandóno, substantivo, singular, masculino. Desamparo total... de morrer ao abandono.

Bem a propósito.

É como morrer, e não é morrer. É estar e ser abandonado. É estar e ser deixado *ao abandòno*.

Ressenti-me muito, no começo, eu que estava acostumado a uma companhia no convívio diário. Nos primeiros dois anos, foi como se eu estivesse sepultado na casa às escuras, silenciosa, inerte.

Daí, vieram uns homens e fui sacado da escrivaninha, mais sem jeito impossível. E o que nunca acontecera em mais de cinquenta anos ali ocorreu, para meu espanto: minha lombada rompeu-se, rasgando-se da capa, de um lado, de cima a baixo. O homem que me manuseava tão grosseiramente nem sequer deu-se conta, muito menos lamentou. No que percebi o que ia acontecendo, mal tive tempo de lançar um olhar e me despedir da biblioteca, da mesinha, meu primeiro apoio, da estante no canto. Era tão estranho ver essas pessoas invadindo aquele nosso santuário e despejando, desajeitados, os livros nos caixotes e, dali, carregando-os na traseira de uma carroça.

Muitos anos depois, assistindo de longe ao tempo ir-se de mim, fui saber que aquela casa onde morara o escritor e sua esposa, e onde a parte mais importante de sua obra fora escrita, tinha sido demolida. Deu lugar a um edifício moderno e, para lembrar seu ilustre ex-habitante, na fachada se afixou uma placa: "Aqui morou o escritor...".

Mas como não a preservaram? Como puderam?

Pelo menos, jamais me levaram de volta ao local onde existira esse nosso amado recanto para ver essa indignidade. Talvez encontrasse diante da casa, mas a distância, do outro lado da rua e sem quererem se aproximar, os fantasmas do escritor, meu ótimo amigo, e de sua esposa, tão querida mulher, tão boa; e ela estaria enxugando lágrimas quietas, e ele com aquele sorriso, um leve estremecer dos cantos da boca, no que leria a placa. Creio que pude absorver o bastante de seus modos para adivinhar que ele a chamaria de "lápide", e mesmo de uma "paupérrima lápide", privada até mesmo de sepultura que lhe dê razão de existir. Para que, ali, ao léu? Para quê?

Na carroça, senti que subia um caminho e a brisa que ia recebendo era de floresta. Houve um momento em que escutei algo inédito, um rosnado a distância, e os burros (de novo!) que puxavam o veículo zurraram de susto. O carroceiro puxou os arreios, detendo-os, e aguardou, dizendo, debochado, aos seus animais:

— Calma, calma! A onça não chega aqui na trilha!

Logo retomamos a subida, e novamente escutei um rumor ao longe. Só que desta vez parecia que estávamos nos aproximando mais e mais dele, como se caminhássemos para dentro de sua bocarra. No entanto, curiosamente, os asnos que puxavam a carroça agora não pareciam sobressaltar-se. Seus cascos guarnecidos de ferraduras batiam ritmados no chão de terra socada, e as rodas da carroça rangiam e giravam em constante velocidade.

Foi então que reconheci aquele som, e de fato emocionei-me. Visualizei a massa de água projetando-se com um berro rouco e estrondoso por sobre uma borda, que era o fundo interrompido de um rio, e despencando borbulhante até atingir a superfície espumosa com um impacto de fazer estremecer o ar lá embaixo. Em verdade, devemos ter passado bem junto à cachoeira. O borrifo de água que salpicava tudo em volta, desprendendo uma umidade perfumada, foi uma impressão de atordoante beleza. Aquilo me despertou, arrancou-me da melancolia.

cascata, substantivo, singular, feminino. Salto, despenhadeiro de água que cai de alguma altura. V. *Cachoeira*, synónymo.

Dei-me conta então de que, depois de mais de meio século habitando ambientes fechados, aquela face externa da vida era para mim praticamente desconhecida. Praticamente, digo, porque, em termos não práticos, não físicos, fiz muitas viagens sem sair do papel. Havia coisas como "cascata", "floresta", "onça", que já conhecia, *de certo modo*, pois tinha todos esses verbetes em mim. Mas *presenciá-los* era sem dúvida uma outra experiência, que me fez descobrir palavras próprias, minhas palavras, as que senti em mim, brotadas, as que já tinha e escolhia, agora, para me dizer dessas coisas. Ora, creio que estou complicando demais. Ou talvez me entendam, vocês — será que entendem? Eu estava deslumbrado.

A casa, ou melhor, o sítio, segundo fiquei sabendo depois, era de um parente da esposa do meu amigo, que tinha herdado os livros dele. Ficava no alto da Floresta da Tijuca, cercada, de fato, por uma vegetação maravilhosa e por cumes de montanhas. Era uma casa muito espaçosa, de dois andares, assoalhos de largos tabuões, mobiliário de madeira nobre, maciça. Eu e os demais livros fomos levados para a biblioteca da casa, onde estantes até o teto, todas fechadas com vidraças emolduradas, estavam repletas de toda sorte de obras.

Os caixotes foram abertos; os livros, arrumados em pilhas, sem muita atenção para classificações por gênero. Ali ficamos, naquele purgatório que antecedia nossa ascensão às estantes, e que durou até o final da semana, quando a família subiu para a casa — moravam de fato lá embaixo, na cidade; a casa no alto da floresta era o seu refúgio.

Eu estava tomado de esperanças. A partir do momento em que vi a biblioteca que seria meu novo lar, senti-me em casa. Claro, não era o ambiente que me acolhera por tantos anos, eu já não tinha a companhia de meu amado amigo escritor, mas reconheci muitos títulos e, principalmente, um mundo ali que era muito familiar a mim, ao qual eu sabia que pertencia. Quem sabe meu novo dono também me colocaria sempre à mão em sua escrivaninha? Quem sabe fosse dado a compor escritos e usasse de minha ajuda para isso, bem como em suas leituras. Afinal, eu ainda era o que sempre fora, certo? Ainda exercia a guarda do meu tesouro. Ainda poderia ser útil, e muito, a quem desse valor às palavras.

Quando o vi entrar na biblioteca — era um homem grande, corpudo, careca, simpático —, a expectativa acelerou-se dentro de mim. Então, ele começou a pegar um por um os livros do chão. Alisava-os para livrá-los da sujeira e do pó. Tratava-os com reverência e carinho. A alguns examinava a lombada, a outros, mais detidamente, abria e folheava, com uma expressão no rosto e exclamações de grande satisfação. Para todos, depois de passarem por suas mãos, encontrava um lugar nas estantes, escolhido com o maior critério e cuidado.

Eu estava nas nuvens. Só pelo que já vira, podia dizer que se tratava de um amante de livros. Tinha certeza de que teríamos uma convivência muito feliz.

Ele passou a manhã inteira nessa tarefa, depois foi chamado para almoçar e retornou pelo meio da tarde. Faltavam ainda muitos livros, mas, então, ele passou pela pilha em que eu estava — na verdade, eu estava bem no topo dela. Animei-me! Ele me recolheu com ambas as mãos. Nessa hora sua esposa entrou na biblioteca com uma bandeja carregando chá e biscoitos. Ela disse, sorrindo, muito bela:

abandon

— Está se divertindo, não é?

— Mal posso acreditar! Cada livro desses é um tesouro!

— Mas, se ficar folheando um por um, nunca vai terminar de arrumá-los — disse, sorrindo, linda, muito, muito linda e meiga. Então, aproximou-se. Viu-me nas mãos do marido e perguntou: — E esse aí, o que é?

E foi doída minha desilusão quando ele respondeu:

— Ah, um dicionário *velho*. Acho que é o único que não vale a pena no lote todo. Veja, tem mais de cinquenta anos. Tenho ali mesmo... — e apontou para um austero volume encadernado em couro negro, sobre sua escrivaninha; ah, que inveja! — um dicionário que acabou de sair. Obra fantástica. Nunca houve melhor em nossa língua. Aliás, aquele é apenas um dos volumes. São cinco. Muito mais abrangente, mais atualizado. Este aqui... — e ele balançou a cabeça.

— Não o jogue fora — pediu a esposa, com pena. — Afinal...

Mas a jovem senhora não completou a frase. Creio que buscava uma razão prática para que eu fosse preservado, mas não encontrou.

O marido riu-se, deliciado com a gentileza do coração da mulher, passou-lhe o braço pela cintura, largou-me de volta sobre a pilha, e lá foi o casal tomar seu chá.

Horas mais tarde, quando me apanhou novamente, já no final da arrumação dos livros, pensei, como consolo, que pelo menos ficaria naquelas estantes, tendo à vista todos aqueles meus irmãos e companheiros de mundo.

Mas não foi assim.

Fui parar dentro de um armário, num quarto anexo à biblioteca, muito entulhado. Ali dentro, conheci o mofo, a umidade, que iam me dissolvendo aos poucos, e um inimigo ainda mais voraz e terrível: as traças!

Que monstros... Que monstros tinhosos!

E que sensação terrível ser devorado aos poucos, incessantemente, dia e noite, por um inimigo que não se sacia.

E virar lar do seu próprio predador que se aninha em nosso miolo e perfura nossas páginas, abre rastros e mastiga de dentro para fora o papel-cartão que serve de suporte à encadernação de couro. E que não vai embora. Que se procria. À nossa custa e dentro de nós.

Lembrei-me tanto do porão daquele navio que me trouxe de Lisboa para cá... Não haveria como imaginar, então, que chegaria a sentir mais terror de outro ser do que dos ratos que conheci logo nas minhas primeiras noites de vida. Pois o grande inimigo, eu o abrigava agora no meu interior fechado, devorando a numeração de uma página ou um acento aqui, uma letra inteira ali, mutilando as palavras impressas, abrindo sulcos nas folhas e varando de uma a outra, numa maneira absurda de me percorrer, sem olhos, as páginas.

Eu já não tinha contato com coisa alguma. Nada chegava até mim. Nenhum toque humano e amigo recebia. Apenas as traças. Mais e mais traças. Nunca foi tão apreciado meu papel encorpado, de excelente qualidade.

E, no entanto, ainda não seria isso o pior da minha vivência naquela casa.

6

FOGO!

Numa sonolência mórbida e ininterrupta, já havia me esquecido de que o mundo existia. Eu estava como se fosse parte da escuridão.

Logo eu!

Logo eu!

Fazia então uma noite daquelas, muito abafada, quando parece que o céu desce sobre a mata como um cobertor úmido, e o ar se torna espesso... e sentimos aquela opressão em volta, quase medo.

Era noite que anuncia tempestades. Mas a chuvarada ainda não caía. Lá em cima, as nuvens, gigantescas, arroxeadas, inchadas e duras como uma massa de pão fermentada, que cresce, crua, antes de ser posta no forno, moviam-se à vontade, como se houvessem conquistado os céus, ocupando-o todo somente para elas. E deveriam ser nuvens guerreiras, de fato, ferozes, porque até mesmo umas com as outras brigavam, colidiam. E da fúria delas despejavam-se os relâmpagos.

Cá na terra, era verão e período de estiagem — já fazia semanas que não chovia. A mata tinha sede; aguardava, impaciente e seca, a chuva. A casa dos meus atuais donos ficava a meia encosta de um dos morros, num platô aberto para o sítio, a descoberto.

Um relâmpago mais próximo caiu e foi com um estrondo que estremeceu o chão. Mas não foi isso que me despertou. Tendo me esquecido de mim mesmo, e até de que continuava existindo, já havia atravessado, inerte, muitas outras tempestades. Lá fora, uma saraivada de descargas elétricas fendia árvores e despedaçava paredes de rocha, nos picos dos morros em volta, fazendo-as explodir e espalhar projéteis em todas as direções. É para imaginar que vários focos de incêndio tenham se aberto na mata naquela noite. Finalmente, um dos relâmpagos alvejou o teto da casa.

Foi o que me trouxe de volta ao mundo — mais surpreso do que sobressaltado. Como disse, há muito que o mundo não significava mais nada para mim. Encerrado na escuridão muda, não havia como medir o tempo que passara. Mas o impacto do raio foi tal que era como se o punho de um deus colossal houvesse esmagado o telhado, abalando a casa por inteiro, até suas fundações, e atravessando, é claro, minha cela.

Depois, fez-se silêncio. Lá fora a tempestade de raios cessou, ou desviou-se para o mar. A chuva começou a cair, grossa e barulhenta. Perplexo, dei-me conta de todos esses estímulos externos — só não me preocupava mais em compreendê-los e em procurar significados para eles. Preparava-me para mergulhar novamente na sonolência, e mesmo desejava que isso acontecesse o mais rápido possível porque, em meu íntimo, já começava a pressentir a pontada de dor que seria recuperar a lembrança de quem eu fora e do que estava sendo naquele momento. Preferia dormir de novo e esquecer.

E claro que, na verdade, nunca esquecera coisa alguma. Mas, pelo menos, podia acreditar nisso se tudo voltasse ao silêncio e à placidez morta de alguns momentos atrás. Era tudo o que eu queria, não era? E se eu me extinguisse, sem sentir, tanto melhor. Ou não?

Então, chegou a fumaça, o cheiro de queimado. Levei alguns momentos para compreender o que estava acontecendo. Só sei que, subitamente, como se uma sirene houvesse ordenado a debandada, todos os vermes me abandonaram ao mesmo tempo, interrompendo seu banquete assassino — que, àquela altura e sem que eu me desse conta, já durava décadas.

O relâmpago atingira o telhado exatamente em cima do quartinho em que se encontrava o armário onde eu estava. O incêndio começou nas vigas que sustentavam a estrutura logo abaixo das telhas, e quase imediatamente atingiu o forro e o teto, bem acima de mim. O calor aumentava, as chamas começavam a tostar a madeira do teto, enegrecendo-as. Comecei a me dar conta de um rumor, como se fossem bilhões de traças devorando algo com uma voracidade que eu nunca vira. Traças de fogo. As chamas consumiam a madeira, desciam pelas paredes, atingiam o assoalho.

Fogo.

Fogo!

Foi o que me despertou de vez.

No primeiro momento, entrei em pânico.

Depois, uma serenidade tristonha abateu-se sobre mim. Conformei-me. Preferi morrer de vez, e no fogo, a continuar como estava e ser devorado até o fim, até minhas costuras, por aquelas traças. E quantos — tantos e tantos — irmãos meus, pelos milênios e séculos do passado, e até hoje, não foram atirados à fogueira pela opressão e pela ignorância? Arrepiei-me, comovido, orgulhoso. Era uma morte digna. Aguardei então as chamas chegarem ao armário que, fosse como fosse, já vinha sendo meu túmulo desde há muito.

Mas as chamas não chegaram. Chegou foi um ruído estridente, altíssimo, como se fosse uma corneta, mas uma corneta assoprada por um gigante em surto histérico, ou pelo menos sofrendo de cólicas. E mais apitos, batidas, pancadas, pisadas. Percebi que, em meu isolamento mórbido, havia bastante tempo que não escutava vozes humanas. E, agora, raciocinava: "Teria a casa estado desabitada?... Quanto... quanto tempo havia se passado?"... E por fim me peguei indagando: "Como estaria o mundo?".

Eu queria ver o mundo. Queria sair do armário e da escuridão. Queria ser salvo das chamas. Queria!

E algo me dizia que isso estava para acontecer.

bombèiro, substantivo, singular, masculino... O que sabe a composição das bombas de guerra, e os modos de as tirar... O que serve as bombas de apagar os incêndios.

Caro leitor, um dicionário nunca lhe dirá uma frase como: "Não há palavras para definir meu espanto". Ou seja, um dicionário que se preze nunca sofrerá de falta de palavras. Mesmo alardeando, como sinal de superioridade e primazia, ter suas dezenas ou centenas a mais de verbetes do que todos os que tenham sido editados antes dele, seus concorrentes. É uma disputa de vaidades léxicas que não acaba mais. Sei o que digo, vai por mim!

Escutei um estrondo, como se as paredes estivessem ruindo, o que muitas vezes acontece nos incêndios. Mais tarde, saberia que foi mais ou menos isso o que aconteceu. Só que, na hora, pensava apenas que meus anjos da guarda nunca chegariam a tempo de me salvar. Pelo que me lembrava, estava num quarto fechado e sem janelas. Quem se arriscaria a atravessar a casa em chamas apenas para salvar a mim e aos outros livros "velhos" que me faziam companhia naquela tumba?

Meu prezado, eu nem imaginava o que acontecia lá fora. Ou melhor, imaginava. Imaginava equivocadamente bravos soldados do fogo chegando em carroças puxadas a burros (eu seria salvo graças aos burros?! Bem...Ora!), sua aproximação anunciada por um sino a badalar na proa da carroça, e, no que apeassem, sacariam seus baldes, iriam à cata do poço da casa, enquanto algum mais esforçado — esse, propriamente falando, o *bombèiro* — estaria bombeando com uma pesada manivela um débil jorro d'água que atravessaria uma mangueira e, mal umedeceria as paredes, já o calor evaporaria seus efeitos.

Ora, era essa a cena que eu era capaz de idealizar. O que mais?

Como poderia saber que havia se passado cerca de 70 anos, ou mais um pouco, nesse tempo em que estive sepultado naquele armário, e que o sítio, antes isolado, teria agora a companhia de muitas outras casas — ainda a distância, mas com uma estrada asfaltada de duas pistas, que servia todo o arredor, na qual havia postes de transmissão de energia elétrica, hidrantes e, afortunadamente, um quartel do corpo de bombeiros menos de um quilômetro abaixo? Como poderia saber que esses bravos soldados do combate ao fogo receberiam o chamado do *celular* (?) de alguém e que, uma vez convocados, pulariam para seus caminhões, verdadeiras fortalezas anti-incêndio, e em menos de um minuto estariam diante da casa, teriam localizado o foco das chamas (quando ainda não se tinham espalhado ao restante do prédio), teriam puxado água em abundância dos hidrantes da estrada, com mangueiras de sucção elétricas, teriam derrubado uma das paredes com marretas de alto impacto também elétricas e debelado o fogo, tudo em menos de quinze minutos, desde o momento em que chegaram?

Portanto, meu dileto, diante da minha perplexidade com um mundo que, literalmente, desabava sobre mim, junto com a parede do quartinho, que era justamente aquela à qual o armário ficava encostado, poderia eu cometer uma traição inédita e, talvez, imperdoável, entre a estirpe dos dicionários, e confessar: *Fiquei sem palavras!*

Sem palavras para exprimir o que via e principalmente para entender todas essas coisas. Fiquei apavorado, sem nenhuma referência para me dizer onde estava, pego no bote de uma realidade posterior aos meus verbetes. Até o idioma que falavam, só depois de muito escutar, fui reconhecer. Tantas palavras novas, uma entonação, um sotaque totalmente diferente do que eu conhecia — mas era a minha amada Língua Portuguesa. Sim, era! Eu a reencontrava, enfim!

O armário ficara em pedaços. Minha cela fora destruída. A água despejada em alta pressão pela mangueira ensopara livros e papéis, que ficaram perdidos para sempre. Mas eu tinha sido salvo. Fui recolhido quando já despencava perigosamente do alto de uma pilha de entulhos rumo à poça destruidora que cobria todo o chão.

As mãos que me resgataram me mantiveram a distância do peito da pessoa, a princípio, para que os olhos que eram parceiros daquelas mãos me examinassem; a seguir os braços me abraçaram com afeto entusiasmado, como se me reconhecessem. Estranhei tanto aquilo, estava tão desacostumado às emoções humanas e estava ainda tão desnorteado, cercado de luzes, vozes e sirenes, que não podia me entender em meio ao que estava acontecendo.

Devo dizer que outras surpresas — não maiores, mas profundamente significativas — me aguardavam, para breve. Logo iria me inteirar sobre novas grafias — grande parte das minhas palavras, as que tão zelosamente vinha guardando, estava agora "escrita erradamente", com grafia superada; oh, que desolação! Mas também conheceria novos e supernovos dicionários e até um meu descendente que me tiraria o fôlego se o tivesse...

electricidáde, substantivo, singular, feminino (do grego, *âmbar amarelo...*). Propriedade que têm certos corpos, sendo esfregados, aquecidos ou postos em contato, de atrair ou repelir os corpos leves, de faiscar ou lançar espaldanas de fogo quando tocados por condutores de metal, ou pelos membros de pessoas eletrizadas, de despertar comoções mais ou menos fortes no sistema nervoso, de produzir efeitos análogos, ou ainda idênticos aos dos raios...

Como já alertei, poupo a você a maior parte de minha grafia à antiga, que talvez lhe interessasse como curiosidade, mas que não facilitaria em nada a sua vida para ler estas minhas aventuras. Mas, pensou você, por acaso, que eu desconheceria o que fosse *electricidáde*? Ora, já vê que não se escrevia o vocábulo tão diferente assim, no tempo em que a considerávamos como uma propriedade *da natureza* — o que de fato, apesar do grande controle e dos usos humanos, continua sendo! — e sempre portadora de um charme de mistério, de fenômeno, quase divino.

Na biblioteca de meu primeiro dono nunca se acendeu uma lâmpada *elétrica* — que eram então instáveis, queimavam à toa, explodiam e, segundo estou informado, tão pouco eficientes, tão escuras que um candeeiro a óleo ou um castiçal com dois pares de velas serviriam melhor de iluminação para leitura. Já existiam postes e bondes elétricos nas ruas, mas não havia, onde morávamos, eletricidade entrando por fios pelas paredes das casas construídas havia mais tempo. E existiam pessoas até com um certo receio quanto à eletricidade, para as quais se precisava dizer que o contato com superfícies e objetos "eletrizados" não causaria efervescências no sangue nem faria a alma de ninguém se evaporar... Ora!

Na chácara para a qual fui levado depois não havia ainda luz elétrica, naqueles meados dos anos 1930. Não havia "eletrodomésticos" no nosso dia a dia. O que eu de fato conhecia de eletricidade, lá de quando o verbete que a define foi redigido, era de uma época em que não se tinha muito o que fazer com ela, a não ser aplicar choques em cadáveres de animais, rãs principalmente, não sei com que propósito, ou melhor, creio que para observar as contrações musculares. Claro, houve quem escrevesse contos de terror em que a eletricidade revivia os mortos ou infundia a vida em monstros costurados de pedaços de cadáveres diversos, mas...

Nunca, nem os mais lunáticos e belos sonhadores poderiam prever que um dia existira um *dicionário eletrônico*!

Ah, esse garoto!

Que azougue! Ops, esqueci que não se fala mais assim... Quis dizer... Que arteiro! Um toque, ou melhor, um *clic!* (ai, como estou "moderno"), e lá está! Prodigioso!

Claro, falta-lhe tempero, reflexão, certa capacidade de negociar com o tempo e... bem, alguma humildade lhe faria bem, se pelo menos ele se detivesse um instante para se permitir ser convencido de que não inventou o mundo, nem a língua... nem o ser humano, e sim o contrário! Mas são coisas que descobrirá, assim como aprenderá que há certo conhecimento que não se limita ao que se pode apenas devorar e despejar, seguida e sofregamente, mas que deve ir entrando na gente bem devagar, pelos poros, espalhando-se aos poucos no sangue, ou sei lá onde, até embeber o espírito e lá ficar. Para sempre. Sim, falta a esse menino, tão sedutor, tão "elétrico", a capacidade de refletir sobre o que somos diante da eternidade. Mas isso sempre se pode vislumbrar depois de umas tantas décadas de existência.

No todo, sim, aprendi muito com os dicionários desse tempo para o qual fui trazido tão de supetão. Admirava-me. Admirava-me o tempo todo.

Ah, sei que tudo isso deveria fazer, isso, sim, com que me sentisse ainda mais afastado do presente. Mais estranho.

Deve ser terrível sentir-se estranho ao lugar em que se está.

estranheza, substantivo, singular, feminino. A qualidade de ser estranho, e fazer abalo, ou espécie, e desconhecido, por ser novo à terra, gente e estilo.

Ao levar meu próprio verbete ao pé da letra, eu deveria me sentir o mais estranho dos estranhos aqui, porque não seria estranho por "ser novo" à terra, gente e estilo, mas por lhes ser velho. Eu estava fora do meu tempo. Era o passado deles, um ser no pretérito, trazido para cá por artimanhas e me intrometendo, com minha grafia ultrapassada, naquele presente que não me pertencia. Eu já tinha vivido minha vida; era assim, não era?

Todavia...

... a fascinação, o encantamento eram grandes demais. Claro que me perguntava: que utilidade poderia eu ter, um dicionário "velho", com palavras envelhecidas e superadas?

Mas, então...

Para contar o que houve, devo primeiro esclarecer quem era a moça (descobri que era uma moça) que me salvou da destruição do quartinho quando eu já ia me empoçar (reparem a diferença que as letrinhas fazem: eu, no caso, não ia ser *empossado* em nenhum cargo de distinção, mas, antes, como se diz, virar *paçoca*) e, tendo escapado do fogo, estava prestes a ser destruído pela água que o apagara; aquela que me examinou a capa, que me abraçou e que me pôs a salvo, então, no banco de trás de seu automóvel (Nada de burros, desta vez!).

Já era quase de manhã, o incêndio fora totalmente debelado (é, leitor, debelado mesmo... extinto, controlado, neutralizado, reprimido). Descendo a estrada, sem agora escutar nem o ronco sensual da cachoeira nem os rugidos ao longe de onça alguma, uma estrada hoje coberta de asfalto, e naquele veículo tão rápido que a mim, ali na hora e sem maiores apresentações, parecia movido apenas pela própria irritação, rumávamos juntos para o apartamento dela. No quarto dos fundos, ela montara sua oficina.

Chamava-se Carolina.

7
CAROLINA

A boa esposa de meu amigo escritor chamara-se Carolina.

Você deve estar pensando: "há muitas Carolinas no mundo, e daí?". Aquela trouxe mais vida à vida do meu amigo, e foi ancestral desta a herdeira da chácara, cujas despesas de manutenção não podia pagar.

Na verdade, justamente por isso Carolina chegara à conclusão de que era loucura continuar teimando em manter a propriedade. Já havia dívidas de impostos, além dos consertos que a casa exigia. Subira até lá, em seu carro, para se despedir, porque acabara de resolver vender a casa e o sítio em volta. A contragosto; ou mais do que isso, com extrema tristeza.

Doía-lhe tanto desfazer-se da chácara que havia sido o melhor dos mundos possíveis de sua infância, como fui saber, que só tomou a decisão — se é que estivesse mesmo decidida — num impulso. E nesse mesmo impulso, sem reparar que o céu ameaçava uma forte tempestade, entrou em seu carro e foi para lá.

Ou seja, isso deduzi eu depois, dos relatos que ela

repetia e repetia a amigos e amigas, numa voz acelerada de generoso entusiasmo. Mas é que pode ser que a gente desse tempo em que vim parar, saído da escuridão, roubado às traças e salvo do incêndio e da água que apagou o incêndio, esta gente tão bonita e ansiosa, que parece somente conhecer todo o tempo por futuro...

(Pelas Palavras Encantadas! Já estávamos no *Terceiro Milênio*!)

...esta gente, portanto, dos anos dois mil e poucos, em seus carros fechados e sem necessidade de burros que teriam de esfregar depois, para secá-los, na estrebaria, e com suas estradas que não viram intransponíveis lamaçais, e percursos que, antes, demoravam horas, e hoje, minutos, pode ser que não se incomode se dilúvios despencarem das alturas. Não cancelariam então um impulso por conta de um surto de cólera da natureza. Deve ser assim que veem o mundo, sim...

Ou, então, foi mesmo o destino que a fez tomar essa decisão, digamos, ainda "indecisa", e exatamente naquela noite. Porque, mal chegou, o relâmpago atingiu a casa — exatamente o quarto contíguo à biblioteca onde ela estava — e, com seu celular (espantoso, espantoso!), ela imediatamente chamou os bombeiros.

Bem, posso até fazer ironias quanto às diferenças de épocas, já que as sinto tão fortemente.

(Nada demais! A verdade é que qualquer um pode viajar através dos tempos, lendo bons romances...)

... mas o que me emociona é que a Carolina que foi um anjo na vida do meu amigo escritor tem cá como descendente, nestes dias aos quais fui trazido, esta linda moça — aliás, parecida com ela — que me salvou da destruição e me deu novo sentido para existir, como se verá.

encadernação, substantivo, singular, feminino... A obra feita que segura os cadernos de um livro.
encadernador, substantivo, singular, masculino. O que tem por ofício encadernar livros.

Sim, esta minha Carolina tinha a encadernação como passatempo. Mas, em verdade, um passatempo apaixonado, quase uma devoção. Isso porque ela é uma encadernadora altamente especializada. Cuida de livros antigos, preciosidades!

Exato, foi isso, finalmente tive o tratamento dado a *preciosidades*!

Quando me viu prestes a iniciar uma carreira flutuante, em meio aos destroços do incêndio debelado, identificou-me imediatamente. Essa moça amava livros e os conhecia. Vivera a infância de conversa com eles e esperando em seu coração que respondessem, do alto das prateleiras da biblioteca da chácara; de fato, continuava tão íntima da minha espécie que ainda se entendia bem conosco. A mim, no instante em que me abraçou, sussurrou-me palavras tranquilizadoras, pediu-me que aquietasse meu medo, disse que o perigo passara e prometeu que tomaria conta de mim.

Talvez tenha se apaixonado por mim, e terá sido à primeira vista; já eu apaixonei-me por ela, isso, sem dúvida, assim que ela me tocou.

Carolina, como uma fada, ou uma feiticeira, sei lá, restaurou minhas páginas — muitas delas usando papel-manteiga como base para pedaços que seriam colados, como num quebra-cabeça.

Minha encadernação foi recomposta, caderno a caderno, recebi capa nova — a original foi guardada por Carolina, embora rasgada, descolorada e se desfazendo: manias dela! —, minha gravação em ouro foi refeita, e jamais se repararia na diferença para minha versão anterior. Apesar de tudo isso, não perdi a respeitabilidade que meus mais de 100 anos de existência me conferiam — justamente esse era o propósito de minha salvadora.

Claro que o que as traças haviam devorado estava para sempre perdido, ou melhor, entrara para o universo paralelo das entranhas dos insetos. Mas, considerando o todo, foi bem pouco, praticamente insignificante — as traças banqueteiam-se sem pressa, como se fossem donas do tempo.

No que Carolina, esta, a minha, deu os últimos retoques em seu trabalho, confesso que, na verdade (pensei, saudoso), me sentia pronto para ser usado de novo.

"Mas quem vai querer um *dicionário velho*?" Sim, setenta anos depois, essas palavras ainda me abatiam.

Só que — veja só a diferença que faz a palavra precisa — eu não era "velho". Carolina tirou de mim esse recalque e me ensinou: eu era uma "antiguidade"!

E mesmo assim havia uma tristeza entre nós. Uma tristeza que se instalou logo no primeiro dia de nosso convívio, quando ficamos sabendo que, apesar do sentimento que nos uniu, não teríamos um ao outro por muito tempo...

Apreciando a Leitura

■ Bate-papo inicial

> "(...) A obra em si mesma é tudo: se te agradar, fino leitor, pago-me da tarefa; se te não agradar, pago-te com um piparote, e adeus."
>
> Brás Cubas, personagem de *Memórias Póstumas de Brás Cubas,* de Machado de Assis.

Saudações!

Meus comovidos agradecimentos à Vossa Mercê, que achou por bem abrir-me. Como sou um livro, só ganho vida quando alguém folheia as minhas páginas e me lê.

Não pense que sou um livro comum, não! Sou um Diccionário, isto é, Dicionário, como me corrigiu meu irmão mais jovem.

Como carrego nas costas mais de cem anos, muitas vezes esqueço que a língua portuguesa já passou por várias mudanças e se livrou de alguns excessos.

Nesta minha autobiografia (*s.f.* vida de uma pessoa narrada por ela mesma), conto como passei por muitas aventuras até ser comprado num sebo por um garoto esforçado que se tornou um grande escritor.

Do nosso convívio feliz e produtivo participou também, mais tarde, a doce Carolina, sua companheira tão querida. Infelizmente o ser humano às vezes dura menos do que um livro, e fiquei novamente sozinho. Entretanto, permita-me inferir que até os livros devem ter anjos da guarda... O meu surgiu na figura de outra Carolina, que me acolheu e me restaurou. Só então me dei conta de como o tempo havia passado e de como meu amigo era admirado.

Paro por aqui para não lhe tirar o prazer da minha leitura.

■ Analisando o texto

1. Retire do texto informações que indiquem a época em que o Dicionário nasceu e faça uma breve descrição.

R.: ____

____

____

____

____

____

____

2. Qual a diferença percebida pelo Dicionário entre a ação dos bombeiros modernos e a dos que conhecia antigamente?

R.: ____

____

____

____

____

____

____

____

Pesquisando

12. Faça uma linha do tempo com algumas mudanças que ocorreram com a língua portuguesa. Tente encontrar em livros, periódicos e na internet exemplos de textos ou obras literárias que exemplifiquem essa cronologia para ilustrar a sua linha do tempo. Uma sugestão é começar pela Carta de Pero Vaz de Caminha.

13. Procure em sua casa livros que fizeram parte da vida de seus pais ou avós. Traga alguns para a classe e comente sobre eles com a turma: a capa, a linguagem, o acabamento e tipo de papel, o conteúdo, ano de edição etc.

14. Faça uma pesquisa sobre as técnicas utilizadas na atividade de escrever bem um texto. Quais os cuidados que devem ser tomados na redação?

15. O que você sabe sobre Machado de Assis? Procure mais informações a respeito desse escritor, sua obra e sua contribuição no desenvolvimento das atividades literárias no Brasil.

■ Redigindo

16. O Dicionário comenta sobre sua grande expectativa antes de conhecer seu primeiro dono e relata seu desapontamento com quem encontrou. Escreva uma breve narrativa de aventura contando sobre um evento programado destacando: a expectativa, a ocorrência do evento e o resultado, se bom ou decepcionante.

17. Você sabe como um livro é feito em uma gráfica e como é o trabalho de um restaurador? Em grupo, pesquisem sobre o assunto em livros, jornais e na internet; se possível, procurem visitar uma gráfica. Com o material coletado, façam uma reportagem sobre o assunto.

18. Redija sua autobiografia: em primeira pessoa, ou seja, você mesmo fazendo o relato, ou usando a "voz" de um objeto de que você goste muito para contar a história por você. Para ficar interessante, não deixe de incluir comentários sobre a época, descrições de lugares e pessoas, e acrescentar algumas situações curiosas.

■ Trabalho interdisciplinar

19. Com o auxílio do professor de História, pesquise alguns fatos importantes que aconteceram no Brasil desde o ano de 1877. Sob a orientação do professor de Artes, monte um painel com esses fatos dispostos em ordem cronológica. O painel pode ser ilustrado de diferentes formas: com imagens tiradas de revistas, jornais e da internet; com ilustrações artísticas, estilizadas, em preto e branco; com fotografias produzidas em sala de aula etc.

20. Que tal promover uma sessão de cinema na escola? Há vários filmes que têm como foco principal obras literárias, a língua portuguesa ou o trabalho do escritor. Junto com a turma e com os professores de História, Português e Artes, selecionem alguns e organizem as sessões, que podem ser abertas para outras classes. Ao final de cada exibição, promovam uma mesa-redonda para discutir os principais aspectos e abordagens de cada filme. Algumas sugestões:

Documentário: *Língua, vida em português*. Brasil/Portugal, 2004. Dir.: Victor Lopes. 105 min.
Romance: *O carteiro e o poeta* (*Il postino*). Itália, 1994. Dir.: Michael Redford. 109 min.
Drama: *Encontrando Forrester* (*Finding Forrester*). EUA, 2000. Dir.: Gus Van Sant. 135 min.
Memórias póstumas. Brasil, 2001. Dir.: André Klotzel. 101 min.

Para qualquer comunicação sobre a obra, entre em contato com:
SARAIVA Educação S.A.
Avenida das Nações Unidas, 7221 – Pinheiros
CEP 05425-902 – São Paulo – SP
www.coletivoleitor.com.br

Tel.: (0xx11) 4003-3061
atendimento@aticascipione.com.br

Escola: ____________________

Nome: ____________________

____

Ano: __________ Número: __________

Aconteceu na oficina de Carolina, um mimoso canto arrumado no quarto dos fundos de seu apartamento. No que ela examinava minhas páginas uma por uma, para identificar meticulosamente tudo o que deveria fazer para me recuperar, acabou por abrir a que tinha impresso o verbete *amor*.

E deu então com aquela folha de papel que meu amigo escritor havia confiado a mim tantos anos antes. Carolina soltou um grito abafado quando viu o manuscrito e imediatamente cravou seus olhos em mim. Leu e releu o soneto em que o escritor se despedia de sua esposa e, de repente, murmurou:

— Essa caligrafia... Não pode ser... — Daí, deteve-se um instante muito breve e me dirigiu a pergunta: — É *dele* mesmo?

E manteve os olhos arregalados, fixados sobre mim, como se houvesse alguma maneira de eu conseguir lhe responder. *Dele*? Do meu amigo, o escritor? Certamente que era dele, não estavam ali suas últimas correções, nos versos, não estavam ali as palavras que significavam toda a dor, a saudade que ele sentia e seu sentimento de desamparo no mundo, sem sua Carolina, ancestral desta que cuidava de mim agora? Mas e daí? O que tinha de mais se fosse dele, e como ela havia reconhecido a caligrafia de meu amado dono, esposo de sua ancestral?

Essa minha última pergunta não permaneceu sem resposta por muito tempo. Carolina correu à sua estante e de lá trouxe um volume encadernado (em capa de plástico verde imitando couro, mas bom papel-bíblia no miolo; a gravação em dourado era passável). Abriu-o, pegou uma lupa e começou a comparar: o traçado de uma letra aqui, o arremate de outra ali,

Amor
amor
amor
amor

e ia soltando gritinhos, progressivamente mais agitada, a cada coincidência que encontrava, enquanto eu também me alterava, já mais e mais curioso.

Que livro seria aquele? Ela estava mesmo comparando a caligrafia do meu amigo, da escrita do soneto, com algo reproduzido naquele volume?

Finalmente, ela arriou a lupa, tomou fôlego, e pude notar que havia lágrimas nos olhos dela. Ficou um longo momento em silêncio, alisando com a ponta do dedo, mais do que delicadamente, ora a folha em que fora escrito o soneto, ora a página em que eu estava aberto, ora a borda da minha capa, que ela haveria de reconstituir, carinhosamente, nos dias que se seguiriam. Quando finalmente falou, foi um choque para mim. Fiquei estarrecido, porque o que ela disse foi:

— Sempre ouvi essa lenda na minha família... que a biblioteca do sítio tinha herdado os livros dele. Mas ninguém sabia com certeza, tantos livros foram levados, se perderam... a coisa ficou esquecida... Agora, por favor, compreenda... Não posso ficar com você, não é? Não depois de ter descoberto isto!

Várias e várias vezes, enquanto me fazia renascer de suas mãos, a peguei chorando. Eu também me senti oprimido. Ela, no entanto, mesmo sabendo que eu não seria seu, prosseguia em sua tarefa, com perícia, arte, dando-me o máximo de si no toque de seus dedos, na carícia de seu olhar. Por fim, eu de novo eu mesmo, deixou-me algumas horas quieto, em cima da sua mesa de trabalho. Vez por outra chegava ali junto, me olhava, suspirava, cariciava-me longamente. Até que um dia disse:

— Chegou a hora, meu querido!

8

UMA CELEBRIDADE

Fazia mais de setenta anos desde a morte do meu amigo, o jovem escritor mulato. E se há uma coisa que indica a vetustez (*qualidade* de quem é vetusto, velho, antigo, deteriorado pelo tempo: *vetustas ruínas,* mas também enriquecido, enobrecido pelo tempo) de alguém é quando este começa a recordar como eram os outros, quando se conheceram, e a esquecer que, juntamente com aquele que lembra, os anos modificaram o que é lembrado.

Aí é que se flagra alguém lutando contra o fluir do tempo.

É fato que, embora o tivesse visto amadurecer, casado, idoso e até (!) com seus olhos fechados pela morte, eu sempre o observara com a visão do meu íntimo. Como aquele garoto com nariz achatado na vidraça da vitrina, os olhos arredios, fugitivos, por trás das lentes grossas dos óculos — aqueles olhos que brilharam tanto quando pela primeira vez me teve nas mãos... que ficaram embaçados quando me disse que eu era seu primeiro tesouro (e por meu lado aquele foi meu primeiro orgulho conquistado), aquele garoto...

Contudo...

... Aquele garoto se tornara um escritor de renome, de prestígio, embora eu jamais tenha sabido disso, na clausura carinhosa de nossa biblioteca, no sobrado do Cosme Velho. Já em vida, ele era tido como o maior escritor de seu tempo. Foram tantas as honrarias que sua obra jamais fora nem seria esquecida, e continuava sendo lida, estudada, a intrigar, a despertar as mais curiosas e criativas interpretações — muitas das quais, é claro, jamais passaram pela cabeça do meu amigo, e posso isso dizer porque o conheci, o vi escrever, reescrever, rabiscar, tramar... Mas não é o que importa!

Importa é que, tendo encontrado a folha com o soneto que meu amado amigo escrevera para a sua esposa morta, minha Carolina imediatamente reconheceu a assinatura. O soneto era inédito, sim, jamais fora publicado. Um tesouro, e escrito e revisto pela própria mão do meu amigo. Aquilo provava que eu não era apenas um dicionário velho, o qual não acertava mais como escrever as palavras; eu era valioso... Porque fora a mim, a este livro, a este exemplar que eu sou, que aquele escritor, tão cultuado, consultara em meio ao seu trabalho.

Ao descobrir isso, Carolina imediatamente entrou em contato com a Biblioteca Geral e marcou uma reunião com um diretor. A esta altura, eu já fora restaurado. Estava belo e digno, e quando ela me exibiu ao homem, junto com a folha que continha o soneto protegida num invólucro (*plástico*, ora! Que nos meus verbetes de outrora tinha a ver com a *plasticidade* das esculturas, e não com materiais transparentes), ele arregalou os olhos, pude ver seus lábios se umedecerem, seus dedos tremerem...

— Mas será verdade? — ele indagou, não por desconfiar de Carolina, mas incrédulo da própria sorte.

Tomou-me nas mãos, revirou-me como se eu fosse uma relíquia deixada por algum santo, ou produto de um milagre, que inexplicavelmente se materializara ali, e bem ao seu alcance. Então, abriu-me, percorreu-me alguns verbetes de relance, conferiu os dados da minha edição na folha de rosto e examinou de novo a folha com o soneto. Tendo sido prevenido por Carolina, já tinha ao seu lado uma amostra da caligrafia do "mestre". Repetiu os exames com a lupa, ora cá na folha, ora lá na amostra. Por fim, abriu um sorriso!

Passaríamos, eu e a folha com o soneto, pelas mãos de muitos outros especialistas. Finalmente, fomos "validados", o que significa, como vim aprender (evidentemente, até os dicionários aprendem novas palavras!), que me consideravam genuíno, como tendo de fato pertencido ao escritor, agora tão respeitado, e como sendo a folha, autenticamente caligrafia dele, um soneto inédito, uma preciosidade para qualquer museu de Letras do mundo, principalmente deste mundo brasileiro, que ele tornara mais brilhante e mais perspicaz de si mesmo. Carolina foi chamada para outra reunião...

— Entendo que está doando o dicionário e a folha com o soneto manuscrito para nossa Biblioteca — disse o diretor, querendo confirmar as intenções daquele meu anjo salvador prestes a me abandonar.

Carolina, tímida, assentiu com a cabeça. O homem olhou bem nos olhos dela por alguns segundos.

— É claro — insistiu, e admirei a honestidade dele — que você sabe que poderia conseguir um bom dinheiro por ambos. Um colecionador particular pagaria uma soma e tanto para ter essas preciosidades em seu acervo.

Carolina assentiu de novo. O diretor me tinha sobre a mesa, respirou fundo, fez uma pausa, depois sorriu e disse:

— Nosso pessoal ficou admirado com a qualidade do seu trabalho de restauração. Não tem nada uma coisa a ver com a outra, com o seu gesto generoso, mas... É uma coincidência. Estamos justamente agora necessitados, e com certa urgência, de uma profissional com a sua competência e também de uma encadernadora que seja mais do que isso, alguém que tenha amor pelos livros, como você.

Carolina arregalou os olhos mais do que surpreendida. Pensou em contestar, em dizer que sua real profissão não era aquela (era formada em Direito, estava desempregada havia mais de ano), que aquilo era um passatempo somente, que nunca tinha pensado nisso como profissão, ora, sim, praticava encadernação havia anos, mas... mas...

— Sim, amor... Isso é evidente. Esse é o amor de sua vida. É só olhar para você, para o seu trabalho. Mas não precisa que eu lhe diga isso. Aceita?

Uma oferta de trabalho. E justo quando precisava tanto de dinheiro.

"E para viver entre livros." O pensamento ressoou em sua mente como um sino de Natal.

Ela engasgou tentando responder, mais constrangida ainda por notar que ainda não havia conseguido pronunciar uma palavra sequer, ali sentada. Mas também não foi dessa vez que conseguiu falar. E, quando se deu conta do que fazia, percebeu que já estava balançando a cabeça, fazendo que *sim!*

Estava feliz... Mais linda ainda de tão feliz!

Já eu não me sentia com motivos para estar feliz.

Além da separação da minha nova e já tão querida amiga, previa um futuro sombrio para mim.

Sombrio, literalmente sombrio, na sombra... nas trevas... Trancado num armário, ou quem sabe num cofre, considerado valioso demais para me desgastar no contato com o mundo e com as mãos dos muitos usuários.

Sim, eu escutara muito os comentários dos técnicos que me examinavam. Pretendiam "preservar-me", o que queria dizer, assim entendi eu, à exceção das traças, uma repetição da morbidez abandonada em que eu vivera até Carolina me encontrar.

Não deu outra: mal tive tempo de me despedir de minha nova dona — e ela de mim, que me passou a ponta dos dedos pela capa, quase o mesmo gesto do meu amigo (que incrível! E que dor, lá dentro de mim, da saudade que eu já tinha e daquela que já ia começar a sentir) quando se despedia de mim. Então me levaram.

E, como eu previa, fui colocado mesmo num lugar sombrio, fechado, pequeno; era seco pelo menos e, como disse, livre de predadores. Mas...

Abandòno.

De novo, o abandono.

E, quem sabe desta vez, para sempre.

Não.

Estava enganado.

Algum tempo depois — cerca de um mês, creio —, eu era retirado da minha cela. Pensei: "Ora, tratam bem os prisioneiros por aqui, pelo menos os preciosos. Vão me dar uma limpeza e depois me devolvem para o armário".

Mas ora!

Sim, recebi uma limpeza, e das mãos de fada-feiticeira da minha querida Carolina, agora como funcionária da Casa. Só aquilo já me alegrou. Pensei: "Se de tanto em tanto tempo puder ao menos matar minhas saudades dela, já será um motivo para não me alienar de vez do mundo".

Sim, Carolina passou a ser a encarregada da minha manutenção, e nas mãos dela podia escutar o coração do meu anjo bater mais rápido só de ela me tocar. Ah, se eu tivesse coração, como estaria? Louco de amor, é certo! E de alegria.

E mais, bem diferente do que havia imaginado, não fui devolvido para o armário, mas para dentro de uma vitrina quadrangular sobre uma fundação de madeira. Eu estava aberto, com apoios calçando minha capa, para não forçar demais as dobras. O cubo de vidraças estava numa sala candidamente iluminada por uma generosa fileira de três janelões. Ao meu redor, dentro da vitrina, estavam outros livros, obras do meu amigo escritor, nalgumas das quais eu o ajudara a colocar palavras, algumas tão antigas quanto eu (cheguei mesmo a reconhecer um velho camarada, primeira edição de um de seus romances, que habitava aquela nossa conhecida estantezinha modesta em que ele costumava guardar suas obras). E havia um retrato dele, enorme, na parede oposta, em frente a mim, bem como outros objetos: a escrivaninha, a querida escrivaninha sobre a qual eu habitara, livros de sua biblioteca, mais e mais fotos... e tudo isso ao meu redor, sim, como uma família, um lar...

A sala era toda dedicada a ele.

E que movimento! Quantos visitantes — tratava-se da inauguração daquela sala, é claro. E quantas crianças, que cravavam seus olhos em tudo, perguntando:

— *É* dele mesmo?

"Sim, dele, dele. *É* dele. Com o verbo no presente..."

Claro, meu amigo jamais entraria nesta sala, nunca suportaria ver-se assim exposto. Mas, intimamente, sorriria, satisfeito com a homenagem, e seria aquele seu sorriso nos cantos dos lábios; e ele ficaria feliz.

E um dia, então, fui eu retirado da vitrina e levado até uma mesa. Uma mesa antiga, ela era, pesada, de madeira castanho-avermelhada, como também antigo e elegante era aquele salão onde eu estava agora, com algumas outras mesas, cadeiras combinando, teto bem alto e uma abóbada central, com vitrais coloridos com alguma cena tirada dos gregos clássicos: heróis, musas, deuses...

Não era o salão de leitura habitual; era uma sala menor, mais reservada.

Fiquei aguardando para ver qual seria meu destino ali, até que o mesmo bibliotecário trouxe então três volumes, encadernações verdes de imitação de couro, cuja lombada li: eram as *Obras completas* do meu amigo do outro século, o escritor. Estávamos, portanto, eu e as *Obras completas* na mesa quando se sentou a ela um rapaz de óculos, rosto bonito, olhos negros e brilhantes como contas de colares árabes.

aventura
aventura
celebrid

O rapaz, então, primeiro escolheu um dos três volumes das obras completas, depois me tomou (manuseava-me tendo calçado as luvas plásticas, o que, como fui saber, era exigência de Carolina em relação aos livros mais "célebres", para que as mãos dos usuários não os engordurassem).

Pressenti algo que quase me fez estourar de alegria...

Ele me abriu sobre a mesa e passou então a percorrer ambos os livros, o das obras completas, onde ia lendo um conto do meu amigo escritor, e a mim, onde vez por outra se detinha, examinando um verbete.

Eu estava sendo *consultado*! Não como uma celebridade. Não como uma curiosidade. Mas, efetivamente, *sendo usado*! *De novo*!

Era tanta felicidade que, se pudesse, viraria eu mesmo minhas páginas no que ele apenas pronunciasse a palavra que buscava, numa arte ainda mais prodigiosa do que a do garoto que recentemente conhecera, o dicionário eletrônico.

Horas depois é que fui saber que aquele moço, apaixonado pela obra do meu amigo, queria lê-la levantando significados de palavras da mesma fonte que seu autor; queria ter uma noção melhor de qual sentido privilegiara meu amigo ao escolher esta e não aquela palavra...

Bem...

Como este, houve alguns outros, cada qual com sua deliciosa excentricidade, que nem todos os impulsos em relação à literatura, por parte de quem a ama, são confessáveis — ficam, digamos, entre o leitor, o livro e o dicionário que ele consulta. Tudo muito confidencial! Muito secreto!

Então, o que mais?

fim, substantivo, singular, masculino. Cabo, termo, extremidade...

Por enquanto, chego ao fim.

Ou, mais propriamente, ao "final" do meu relato.

Leitor amigo, essa foi a minha história, e espero ter conquistado a sua simpatia. Sinto que não devo cansá-lo mais ainda, arriscando algo do tipo "fecho", "conclusão", a dita "moral da história", que reduz a história que se narrou e dela tanto desfaz. Não foi minha intenção dar lições nem transmitir edificantes mensagens, mas, sobretudo, contar alguns episódios curiosos e afetivos sobre minha vida de *diccionário*, nesses meus cento e muitos anos. Fico feliz de ter podido contar esta história, e, vejam que curioso, para tanto, me valho delas mesmas, as palavras, elas, tão boas que são, tão úteis, elas que dão sentido à minha existência. É isto: esta é uma história sobre palavras, a qual as palavras contaram. Isso deve significar qualquer coisa, embora eu ainda não saiba o quê.

Até mais!

Pós-escrito do autor: quase-Machado

O escritor, amigo do Dicionário que aqui vira personagem e conta suas aventuras, tem muitas semelhanças biográficas com nosso Machado de Assis. Mas, por razões da própria história que eu queria contar, precisava que o meu Cavaleiro das Palavras e o escritor convivessem até bem para dentro do século XX, e Machado, nascido em 1839, morreu em 1908. O Rio de Janeiro em que ele viveu tem muito a ver com o que é descrito nos primeiros capítulos desta história. Mas as datas não coincidem. Em literatura, o escritor tem a liberdade para esses voos da imaginação. Nem tudo *precisa* ser real, mas, antes, *parecer real*, o que os dicionários definem como

> **verossimilhança**, substantivo, singular, feminino.
> Algo semelhante à verdade.

Foi o que fiz aqui, e peço ao leitor que compreenda que foi uma homenagem a Machado, meu escritor predileto... e também que, para mim, foi impossível, mesmo tendo de driblar a exatidão das datas, resistir à tentação de colocar este personagem-escritor que é *quase-Machado* numa história que fala sobre o amor às palavras e sobre as diversas e tão valiosas contribuições ao tesouro guardado nos dicionários. Uma última coisa: quero contar como nasceu esta história. Faz uns anos, li em algum lugar que o dicionário que Machado de Assis usava era o *Diccionário da Língua Portugueza*, de Antonio Moraes Silva, uma obra famosa do século XIX que ficou conhecida como *Moraes*, e cujo autor tem uma bela história... até perseguido pela Inquisição ele foi. Cismei então que ia conseguir um *Moraes* para mim, para ler Machado com ele do lado, consultando-o para ver se descobria que venenos o Bruxo tinha ocultado por trás de uma ou outra palavra. Finalmente consegui comprar uma 7ª edição (1877), bem marcada pelo tempo e, por isso mesmo, para mim, uma preciosidade. Daí, de uma vez que o abri, comecei a imaginar quantas pessoas o haviam folheado desde que fora impresso numa gráfica de Lisboa e quantas histórias aquele *Diccionário* não teria para contar. Foi assim.

Nesta foto apareço com um dos meus maiores tesouros: uma edição do *Diccionário da Língua Portugueza*, de Antonio de Moraes, escrito lá no século XVIII. O *Moraes* para os seus conhecidos e amigos da época; como hoje se diz o *Aurélio*, ou o *Houaiss*. Li, não sei mais onde, que era o dicionário usado por Machado de Assis, meu escritor predileto. Daí, não descansei até encontrar um *Moraes* e trazê-lo para casa. Então, mal podia acreditar que ele estava ali. Já era para mim um personagem, uma celebridade. Ficava olhando-o a alguma distância, na prateleira da estante, e o via, discreto, absoluto em sua compostura, destacando-se dos demais. Quando explorava — respeitosamente — suas páginas, verificava que há palavras que a gente encontra num *Moraes* que se transformaram numa janela aberta para um outro tempo. Porque toda uma maneira de viver e de entender o mundo está sutilmente contida em cada um de seus verbetes. O velho dicionário, cá e acolá comido de traças, que eu tenho de manusear com todo o cuidado, passou por muita gente — suas páginas têm cor e cheiro de histórias, que ele guarda com elegância, com encanto. Este meu livro são as aventuras que o *Cavaleiro das Palavras* me permitiu imaginar enquanto o percorria. Como se revelasse seus segredos.

Luiz Antonio Aguiar

Sobre o ilustrador:

Marcelo Martins desenha, como muitos, desde criança, mas nunca estudou arte. Estudava Economia na USP quando foi convidado a estagiar numa agência de publicidade. Acabou se formando em Publicidade pela ESPM e trabalhou exclusivamente com propaganda e arte por oito anos. Durante esse período, surgiu a oportunidade de fazer histórias em quadrinhos para o exterior e, com ela, muitas outras portas se abriram. Desde então, a arte ocupa um papel definitivo em sua vida, principalmente como forma de expressão e realização.